피아노를 치며 생각한 것들

피아노를 치며 생각한 것들

오
재
형

좋아하는 일을
좇는 삶에 관하여

화가, 영화감독, 요즘에는 피아니스트

윈더박스

외로움은 타인과 나의 관계가 아니라 나와 나의 관계다.
자신이 몰두하는 대상이 몸이 부끄러울 만큼 아름다울 때
인간은 외롭지 않다.

정희진, 《나를 알기 위해서 쓴다》 중

극도로 긴장하면 멍해지는 것일까. 100명 넘는 관객이 날 기다리고 있는데 졸음이 몰려온다. 혼자 있기에는 너무 큰 대기실에 섬처럼 앉아 마른세수를 했다. 뺨을 후려갈 겼다. 콩콩 점프를 뛰었다. 허겁지겁 생수를 부어 눈가를 적셨다. 정신 차리자. 혹시 준비가 부족했을까? 공연 직전 이런 생각이 들지 않도록 그간 주어진 조건에서 최선을 다했다. 어릴 때 그 흔한 피아노 콩쿠르 한번 나가 보기는커녕 성인이 되어서야 도레미파솔라시도를 겨우 익힌 내가 서른이 훌쩍 넘어 독주회라니.

예기치 못한 순간에 상상은 현실로 불쑥 찾아오곤 한다. 영원히 작업실 창고에서 꺼낼 일 없을 것 같은 그림들도 일단 그려 놓으면 언젠가는 전시를 꼭 하게 되었던 것처럼. 하드 디스크 깊숙한 곳에 보관되어 다시는 재생될 일 없을 것 같은 영화도 결국 사람들 앞에서 상영하게 되었던 것처럼.

몇 해 전 영화 상영을 마치고 객석에 앉아 있던 관객에게 받은 질문이 생각난다. "이런 질문을 해도 될지는 모르겠지만, 감독님은… 그러니까 감독님은 도대체 뭐… 하시는 분이에요?" 이마에 펜던트를 달고 인터뷰하는 정체 모를 히피, 야밤에 산속을 뛰어다니는 외계인이 출연하는 혼란스러운 내 영화를 보고 심정이 꽤 복잡하셨으리라. 도대체 나는 누구인가. 뭐라고 답했는지 생각나지 않는다. 상당히 머뭇거렸던 기억만 있다.

얼마 전 이원하 시인의《제주에 혼자 살고 술은 약해요》라는 시집을 읽었다. 그의 시 구절을 인용해 앞의 질문에 답하고 싶다. "나에게 바짝 다가오세요. 나의 정체는 끝이 없어요." 그리고 이어서 이렇게 말할 것이다. '요즘에는' 피아니스트입니다.

나는 뒤늦게 피아노를 사랑하게 되었다. 그런데 못 친다. 겸손이 아니라 정말 못 친다. '아마추어 피아니스트'라는 호칭조차 버거운, 더도 말고 덜도 말고 그냥 동네 성인 취미반 수준이다. 그러나 내게 피아노는 이제 엄연한 인생의 일부가 되었고 심지어 직업의 일부가 되었다. 피아노를 빼놓고는 내 소개를 할 수 없다. 서투른 내 피아노 실력에도 연주할 기회가 생기고, 이렇게 들으러 오는 사람들이 가득 있을 줄은 정말 몰랐다. 어떤 영화 혹은 만화책에서 본 낯간지러운 대사가 갑자기 떠오른다. "네가 피아노를 계속 친다면 반드시 들어줄 사람이 있을 거야." 진짜로 그렇게 되었다.

30대에 찾아온 이 사건들을 기념하기 위해 쓴다. 이 책은 피아노에 관한 에세이다. 뒤늦게 뭘 시작한 사람의 이야기다. 무의식적으로 계속 쓰고 있는 '뒤늦게'라는 단어에 관한 항의서이다. 뭘 좋아하는 것에 있어서 알맞은 시기가 있고, 그것을 직업으로 택하기에는 일정한 경로가 정해져 있다는 '생애주기 이데올로기 사회'에 균열을 내고 싶은 나의 소심한 욕망이다. 또 전문가와 아마추어의 경계에 어정쩡하게 서 있는 사람만이 볼 수 있는 시선으로 피아노를 핑계 삼아 예술 전반에 관한 생각을 풀어내는, 창작자로서의 작가노트가 될 것이다.

대기실 문밖에서 발소리가 들려온다. 아마 무대 입장을 알리러 오는 스태프이겠지. 한 사람이 느낄 수 있는 긴장과 공포와 불안과 초조의 최대 총량이 이런 것이었던가. 쫄지 말자. 쫄지 말자. 아, 쫄린다! 어떻게든 마음을 다스려 본다. 죽음을 방불케 하는 공황장애 증상도 결국 친구로 만들었던 나 아닌가. 이 순간부터 절대 하지 말아야 할 생각이 있다. 그 곡은 도입부에 건반을 어떻게 눌렀더라? 손가락 번호가 중지에서 엄지였던가? 따위의 판단을 중지해야 한다. 생각은 금물이다. 나는 조용히 일어나 머리를 열고 좌뇌를 꺼내 책상 밑에 두었다. 이제 오로지 몸과 감각에 맡겨야 한다. 똑똑똑. 지금 입장하시면 됩니다.

내 이름을 건 최초의 단독 공연 무대다. 혼미한 정신으로 공연장에 들어갔다. 조명이 비치는 스타인웨이 풀사이즈 그랜드 피아노 앞에 섰다. 꽉 찬 객석, 묵직한 침묵을 바라보며 조심스레 마이크를 들었다. 어쩌면 연주보다도 더 하고 싶었을 멘트를, 부끄러움을 무릅쓰고 냅다 뱉었다. 약간은 뻔뻔하게.

"안녕하세요. 저는 피아니스트 오재형입니다."

Part 1

나와 피아노의 역사

나는

피아노에
싹수가 있다

피아노를 처음 배운 것은 아홉 살 무렵이었다. 특별한 관심 없이도 어린이라면 누구나 한 번쯤은 피아노 학원 문을 노크하던 시절이었다. 학원에 등록하고 첫 수업을 받자마자 난 깨달았다. '아, 이거 진짜 노잼이다.' 체르니 이외에는 별다른 선택지가 없었고 손가락 구타가 문화였던 시절에 오히려 피아노에 흥미를 가지는 어린이가 이상한 쪽이 아니었던가? 아무튼, 집에 돌아가면 방바닥에 누워 가장 격렬한 퍼포먼스로 엄마에게 땡깡을 부렸다. 한 달 동안 이어진 생떼에 엄마는 결국 두 손을 들었다. 엄마는 원장께 상담 전화를 걸었다. 그만두겠노라는 통보에 원장은 맞받아쳤다. 그렇잖아도 아드님이 피아노에 소질이 없는 것 같았다고. 그 이야기를 뒤늦게 전해 듣고 삼국지의 조조를 떠올렸다. 내가 세상을 버릴지언정 세상이 나를 버리게 둘 수 없다는 조조의 선언처럼 나 역시 피아노가 날 버리기 직전에 선빵을 날린 것이 아닌가. 피아노 따위, 내겐 《드래곤볼》 만화책을 돌려 보고 팽이치기를 같이할 친구들이 있었기 때문에 하나도 아쉽지 않았다. 그렇게 내 유년 시절의 피아노 경험은 음계도 제대로 익히지 못한 채 마무리되었다.

그러나 뒤끝 많은 나이기에 때늦은 변론을 해야겠다. 한 아이의 예술적 재능을 판단한 그 원장의 기준은 신뢰할 만한 것이었을까. 미대를 졸업하고 잠시 아동 미술 선생으로 활동하며 새삼 깨달은 점이 있다. 살펴보니 한국의 예술 교육이란 테크닉과 재능을 동의어로 자주 착각하고, 그 기준으로 선별된 아이의 창의력을 모조리 갉아먹기로 작정하는 공식 루트를 아이에게 제안한다. 내가 보기로는 초등 저학년까지는 대부분 피카소급 세계관을 연출한다. 그러나 고학년이 되면 어른들에게 적절한 칭찬을 받지 못해 예술계에서 이른 은퇴를 선언하거나, 반대로 간택받은 아이들은 영혼 없는 기술 수업을 받으며 그저 그런 수준으로 쇠락하는 운명에 처한다. 심하게 요약했지만 냉정한 현실이다. 이런 교육 환경을 뚫고 아티스트가 된 모든 동료에게 경의를 표하고 싶다.

나는 '재능 없음'으로 판별된 피아노와 달리 그림만큼은 어릴 때부터 칭찬을 많이 듣고 자랐다. 부모님은 나의 잠재력을 일깨우고자 수소문하여 미술 과외를 시켜 주었다. 프랑스 유학파 선생님의 집에 방문하여 정기적으로 미술을 배웠다. 허나 《드래곤볼》 초사이언 손오공 캐릭터를 매일 그리고 싶던 초등학생에게 '전문 코스'는 지옥이나 다름없었다. 아니, 내가 왜 꾸지람을 들으며 일평생 단 한 번도 관심을 가져 본 적 없는 화분이니 물병이니 하는 것들을 그려야 한단 말인가. 또 수채화를 그릴 때 붓을 물통에 잘 헹구지 않아 팔레트에서 다른 색과 조금 섞이기라도 하는 날에는 호되게 혼날 각오를 해야 했다. 미술 과외와 관련한 기억은 하나밖에 없다. 나는 그림을 그렸고 선생은 화를 냈다. 결국 프랑스 유학파 선생에게도 이별을 고했다. 지금 그 선생님을 만난다면 해 주고 싶은 말이 있다. 선생님, 제가 그래도 어디서 방귀 뀔 만큼은 그려 봤는데요, 붓에서 색이 예상치못하게 섞여야 더 예술입디다!

시간이 흘러 방문 미술 교사가 된 나는 아이들에게 제대로 된 교육을 하고 싶었다. 일했던 기간은 짧았지만,

초등학생에게 흥미 이상의 교육은 없다는 철학으로 임했다. 정민이라는 아이는 딱 봐도 미술에 흥미가 없었다. 퇴근을 기다리는 직장인 마음으로 수업을 영혼 없이 버틴다는 것을 느낄 수 있었다. 나는 매주 새로운 시도를 했고, 드디어 정민이가 좋아하는 미술을 찾아내고야 말았다. 정민이는 형태를 그리고 색을 칠하는 지루한 고전주의 회화의 방식보다는 흰 도화지에 바로 색을 칠하면서 동시에 형태를 만들어 나가는 인상주의 회화의 방식을 선호했다. 우리는 반 고흐의 그림을 즐겁게 멋대로 모사했고, 정민이는 시계를 더 이상 확인하지 않았으며, 결과물 역시 꽤 훌륭했다. 문제는 부모님이었다. 내가 퇴장하고 나면 정민이의 그림은 보존될 가치가 없다는 듯 자주 쓰레기통에 버려졌다. 정민이와의 일화를 일반화할 수는 없겠지만 어른들이 동의할 만한 '그림 잘 그리네'의 기준은 획일적인 경우가 많다고 생각한다. 나는 아이들의 그림에 깜짝 놀란 적이 많지만, 정작 그 그림을 격려해 주고 칭찬해 줄 만한 어른은 그 아이 주변에 없었다.

내 유년 시절의 피아노 교육이라고 딱히 다를 리 없다. 내게 재능 없음을 선포했던 그 피아노 학원 원장님은 정녕 훌륭한 선생이었을까. 흥미를 느끼지 못하는 아이에게 '플랜 B'를 충분히 제시했을까. 고래도 춤추게 할 지경의 과도하고 비상식적인 칭찬을 바라는 것은 아니다. 그저 내 몸 안에 옥구슬처럼 가득 굴러다니는 피아노 사랑 유전자를 조금이라도 발견해 주었다면 어땠을까.

두 가지 기회를 잃어 분하다. 피아노 조기 교육을 말아먹어 쇼팽 콩쿠르 우승에 도전할 타이밍을 놓친 것, 그리고 피아노 치는 즐거움을 이른 나이부터 누리지 못했다는 것. 이렇게 남 탓 사회 탓을 하니 속이 후련하다.

아니지, 실은 그 원장께 고마운 마음이다. 안중에도 없는 말로 엄마를 꾀어 괴로운 마음으로 계속 피아노 학원을 다니게 했더라면, 나는 이 악기에 정이 확 떨어져 성인부터 시작된 피아노 늦바람을 경험하지 못했을 것이다. 섣부른 기대와 조급한 판단으로부터 해방된 이 세계에서는 늦은 바람이라도 막을 자가 아무도 없다. 땡깡 놓던 아홉 살 아이는 소위 '예술가'로 훌쩍 성장했다. 그리고 이 정도의 자기 진단쯤은 할 줄 안다. 나는 피아노에 싹수가 있다.

음대에
　　　출몰하는

미대생

아그리파 석고상을 8500번 그려 낸 끝에 미대에 입학했다. 그러나 전국의 그림쟁이들이 모인 곳에서 정작 붓 잡는 시간보다는 농구 코트에서 공을 튀기는 시간이 많았으며, 둘을 합친 것보다 압도적으로 많은 시간을 피아노 앞에 앉아 하얗고 검은 건반을 골라내는 데 열중했다. 아버지는 떨떠름한 표정으로 말씀하셨다. 갑자기 웬 피아노? 잠깐 스쳐 갈 가벼운 호기심이라 생각했던 아버지는 장담했다. 3개월 이상 간다면 내 손에 장을 지지겠다! 아버지는 그로부터 장 지지기를 15년째 미루고 있지만 이제 '피아니스트 오재형'을 가장 지지하는 서포터로 변했다. 얼마 전 내 첫 리사이틀을 보러 온 아버지는 속삭였다. 아들아 넌 계획이 다 있구나.

'여자 꼬시려는 속셈이냐'는 소릴 많이 들었다. 불금에 신입생답게 술자리에 가지 않고 빈 손가락을 허공에 움직이며 피아노 학원으로 직행하는 나에게, 남자 동기들은 마뜩잖은 눈빛을 보내며 저 멘트를 꼭 등 뒤에 꽂았다. 하긴 많은 미대 여학생들을 음대로 데려가 피아노 연주를 들려주는 풍경이 그들 심기에 거슬렸을 것이다. 물론 훗날에 애인의 환심을 구걸할 적에 피아노의 지분이 전혀 없었다고는 말할 수 없다. 그러나 그때는 단 1프로의 흑심도 없었다.

성인 피아노 학원이 없던 시절, 유치원생들이 자주 방문을 열고 "아저씨 아직도 그거 쳐요?"라고 놀려 대던 동네 피아노 학원에서 피나는 수련 끝에 바이엘을 정복하고 간단한 연주곡을 치게 되었을 때, 내 연주를 들어 보겠다는 사람 중에 남성이 없었을 따름이다. 간혹 음대 연습실에 데려가면 '도대체 언제 끝나? 빨리 PC방에나 가자'라는 눈빛을 보내는 교양머리 없는 남자새끼들에게는 내 로맨틱한 건반 터치를 더는 시연할 수 없었다. 그에 비해서 여성 관객들의 반응은 얼마나 고귀했고 열렬했던가. 이성적 호감으로 연결되지 않을지언정 피아노 연주를 마쳤을 때만큼은 그들 두 눈에서 생성된 하트와 순수한 반응은 뿜뿜 내게 전해졌다. 그래 이 맛이지. 이는 우연이 아니다. 지금도 여전히 책을 읽고, 공연을 보고, 전시를 감상하는 주요 문화 소비자는 20~40대 여성들이라지 않은가. 어휴, 남자놈들, 뭘 몰라.

　사람들은 싫어하는 일을 앞두면(등교, 입시, 출근, 입대 등) 그걸 제외한 세상만사가 모두 재미있어 보이는 마법에 걸린다. 고3 시절, 등교하기 전 잠깐 거실에 서 있노라면 어린이 프로그램 <뽀뽀뽀>와 <TV 유치원 하나 둘 셋>이 그렇게 재밌어 보일 수가 없었다. 우정, 갈등, 반전 등 거의 아침 드라마급의 흥미진진한 전개와 서사 구조를 다 가지고 있네? 천천히 시간을 내어 본다면 참 좋을 텐데…. 아마 그 시절 피아노도 그렇게 다가왔던 것 같다. 당시 우리 집에는 할아버지가 막내 고모에게 선물해 주었고, 고모가 급하게 결혼하면서 토스한 20년 된 영창 피아노가 있었다. 썩 좋은 피아노는 아니었지만, 가끔 누나가 연주하곤 했다. 나와 달리 피아노 조기 교육을 오랜 기간 받았고 또 선천적으로 절대음감이어서 아는 곡을 바로 건반으로 옮길 수 있는 누나의 연주가 특별히 좋아서였을까. 아니면 유년기에는 입맛에 맞지 않던 생선회가 어느 날 혀에서 침샘을 자극하며 목구멍으로 넘어가는 순간이 오는 것처럼 피아노라는 악기 소리가 내 귀에 '최초로' 들어왔기 때문이었을까. 당시 누나가 연주하는 이루마의 <Maybe>나 <캐논 변주곡> 같은 달콤한 곡들이 듣기에 꽤 좋았다. 그렇게 전역 후의 인생을 기다리는 군인처럼, 퇴사 후에 배낭여행을 계획하는 직장인처럼, 아무에게도 말하지 않은 계획을 가슴에 품게 되었다. '피아노를 배우리라.'

미대 합격 통지서를 손에 쥐자마자 계획을 실행에 옮겼다. 집에서 가장 가까운 피아노 학원 문을 두드렸다. 그렇게 군 입대를 앞둘 때까지 나는 1년 반 동안 피아노에 온 열정을 쏟았다. 이렇게까지 빠질 줄은 나도 몰랐다. 그림이고 나발이고 다 뒷전이었고 오직 피아노만 쳤다. '뭐 하나에 미쳐 봤어!'라고 당당히 말할 수 있다면 이 시기의 피아노다. 미대보다는 음대에 더 자주 출몰해 도둑 연습을 일삼던 내게 이듬해 피아노과 신입생이 복도에서 90도 인사를 했을 정도였으니까. 나는 "그래, 대학 왔다고 너무 놀지는 말고."라며 덕담을 건네고선 바이엘 악보를 옆구리에 끼고 홀연히 사라지곤 했다. 동네 피아노 학원에서는 입시생보다 더 먼저 도착해 더 나중에 퇴장하는 일이 잦았다. 원장 선생님은 자주 학원 열쇠를 내게 맡기고 퇴근하셨다. 아침에 눈을 뜨면 세수도 하지 않고 부스스한 몰골로 좀비처럼 피아노 의자에 앉고는 했다. 악보를 들고 거리를 걸을 때면 그 누구도 부럽지 않았다.

진로와 하등 상관없는 분야, 당장 그만두어도 아무도 뭐라고 하지 않는 짓, 잘하지 못해도 주변인으로부터 칭찬만 받게 되어서 순수하게 좋아하는 마음만 유지하면 되는 일에 사람들은 온몸을 내어 주기 마련이다. 발목만 담가 보려고 했는데 어느새 심해 깊숙한 곳까지 나아가 유영하고 있었다. 당시 가지고 다니던 목걸이형 아이리버 MP3의 플레이리스트는 이루마, 유키 구라모토, 쇼팽, 리스트, 라흐마니노프 등 온통 피아노곡으로 가득 차 있었다. 나는 피아노가 너무 좋았고 너무 좋았다. 단지 그뿐이었다.

군대와

피아노

우울의 원인은 경력 단절 아니 취미 단절. 나는 왜 하필 분단국가에서 태어나 이 주체하지 못하는 불같은 열정을 강제로 삭혀야 한단 말인가? 스물한 살의 피아니스트는 눈물을 머금고 입대했다. 당시 1년간의 진도를 살펴보자. 《바이엘》과《체르니 100》을 수료하자마자 반론은 듣지 않겠다는 비장한 눈빛으로 원장 선생님께 통보했다. "체르니가 싫습니다." 선생님이 시키는 대로 해야만 했던 아홉 살 오재형이 아니었다. 나는 비용을 지불한 만큼 즐거울 권리를 주장할 수 있는 어엿한 성인 고객이었다.《체르니 100》까지는 최소한의 기초를 다져야겠다는 마음으로 배웠다. 현재는 성인 피아노 학원과 교재가 발달해 있어서 취미로 배우는 이들에게 체르니를 권하지 않는 분위기지만 당시만 해도 별말 없으면 자연스럽게 체르니의 품에 계속 머물러야 했다.

그런데 나는 전공할 것도 아니고, 이만하면 됐다는 심정으로 체르니와 이별을 선언했다. 그때부터는 좋아하는 악보를 하나씩 가지고 가서 레슨을 받기 시작했다. 한 곡이 끝날 때마다 급속도로 난이도를 올렸다. 유키 구라모토의 <Meditation>과 <Lake Louise>, 쇼팽의 <녹턴 2번>, 그다음은 무려 리스트의 <사랑의 꿈>을 건드리는 호기를 부렸다. 천 번 연습으로도 안 되는 구간은 만 번 반복해서 어설프게나마 흉내 낼 수 있었다. 아, 억울하여라. 그때의 열정을 군대가 멈추지 않았더라면 지금쯤 쇼팽 <에튀드>를 눈 감고 치고 있을 텐데!

훈련소에서 모두가 밤마다 애인을 그리워할 때, 나는 오로지 피아노만 생각했다. 먼지 구덩이 유격 훈련장에서 등으로 바닥을 쓸고 있을 때에도 드뷔시의 <달빛> 첫 마디가 귓속에 무한히 맴돌았다. 훈련병 대부분이 초코파이를 더 많이 주는 종교를 택해 주말을 보냈지만 내 기준은 달랐다. 오로지 피아노를 구경할 수 있다는 희망 하나로 교회를 택했다. 그것으로도 부족했다. 노래방도 별로 좋아하지 않는 타고난 음치인 내가 호기롭게 손을 들어 성가대에까지 지원한 이유도 단 하나, 피아노를 더 가까이 볼 수 있다는 것이었다. 훈련소에서 쓴 일기장은 온통 피아노 이야기뿐이고, 이런 문장들로 가득한 페이지도 있다. "저기 피아노가 있었다, 피아노가 있었다, 저기 피아노가…."

소총 훈련을 마친 밤, 우리는 야밤에 상경해 청와대를 급습했다. 이미 도주한 대통령의 방으로 입장했다. 방 한구석의 그랜드 피아노 주위에 병사들이 웅성웅성 모여 있었다. 내가 천천히 다가가자 모세가 바다를 가르듯 옆으로 물러났다. 의자에 앉았다. 설레는 마음으로 건반 뚜껑을 열었다. 그런데 웬일인가. 건반이 있어야 할 자리는 텅 비었고, 대신 멜로디언이 놓여 있었다. 아니 이게…. 실망의 표정을 짓기도 전에 어디선가 나팔 소리가 미친 듯이 크게 들려왔다. 빠빠빠 빠빰빰빰~ 기상! 기상! 꿈이었다. 후, 강제로 격리되어 더 관계가 돈독해지는 견우와 직녀, 로미오와 줄리엣처럼 피아노 사랑은 더 커져만 갔다. 훈련소 시절에 면회권이 있었다면 사람 대신 피아노를 택했을 것이다.

두 가지 소원이 있었다. 통제로 가득한 훈련소에서 하나는 피아노를 쳐 보는 것이었고, 다른 하나는 곡선을 그리며 걸어 보는 것이었다. 자유로운 보행과 예술이 금지된 시공간. 지옥을 다른 말로 정의할 수 있을까. 이탈로 칼비노는 저서 《보이지 않는 도시들》에서 지옥을 벗어나는 두 가지 방법을 제시한다. 하나는 지옥을 받아들여 그 일부가 되면 지옥이 보이지 않는다. 또 하나는, 지옥에서도 희망적인 공간을 기필코 찾아내어 지속적으로 의미를 부여할 것. 한마디로 이런 질문이다. 전향할 것인가, 저항할 것인가.

간절히 바라면 기회는 찾아온다. 훈련소 성가대 연습이 끝나고 청소 시간이었다. 빗자루를 들고 걸어가다가 피아노가 있는 조그만 방을 발견했다. 무인도에 표류해 한 달 동안 굶다가 진수성찬을 발견한 사람처럼, 나는 찰나의 순간 방문을 걸어 잠그고 불을 껐다. 어둠 속에서 피아노 건반을 약 20초 정도 만질 수 있었다. 그때의 황홀감을 잊을 수 없다. 신체는 구속되고, 정신은 세뇌되고, 외모는 피난민과 같았지만 손가락만은 곡을 기억하고 있었구나! 인간의 고유성을 박탈하고 개성을 몰살해야만 유지되는 조직에서 그 20초는 잠시나마 지옥 아닌 공간을 누리는 시간, 조용하고 소심한 내적 반란, 실현 가능한 최선의 저항이었다. 체 게바라의 표정을 한껏 흉내 내며 방문을 나왔다.

훈련소를 떠난 내가 2년간 살 곳은 산속이었다. 100명 남짓한 그 조그만 공동체에도 교회는 있었다. 내 눈빛이 반짝였다. 아멘! 신실한 교인에게 교회란 하나님을 상징하는 공간이겠지만 내게 교회란 피아노를 가리키는 기호일 뿐이었다. 부대에서 유일하게 피아노를 치던 병사는 전역을 앞둔 말년 병장이었다. 그는 어느 날 교회로 나를 불러냈다. 임종을 앞둔 노인네의 표정으로 유언을 전했다. '이제 네가… 피아노를… 콜록! …쳐야 해….' 그 병장에게 반주법을 한 시간 동안 전수받고('잘 들어! C코드는 도,미,솔 이야. 오케이?'), 2년간 교회에서 반주를 맡았다. 순수하게 기본 코드와 4비트로만 연주했지만 어쨌든 내 반주에 맞춰 사람들이 매주 노래를 부르는 것이 참 신기하더라. 아랫마을에서 주말마다 올라오시는 목사님의 설교는 예외 없이 지루했고, 병사들은 의자에 앉아 곯아떨어지기 일쑤였다. 나는 그때 확신했다. 적어도 이 교회에서 주님은 목사님의 설교에 있는 것이 아니라 내 피아노 반주 속에 존재한다고. 낄낄낄.

짬이 차오르자 군 생활에도 조금씩 여유가 생기기 시작했다. 후임들이 많이 들어오자 계급 권력을 사용했다.

인물화를 연습하기에 이보다 더 적합한 환경은 없었다. 건빵 바지에 드로잉 북과 펜을 가지고 다니면서 후임들에게 "꼼짝 마."를 자주 외쳤다. 폴 세잔이 그랬듯 모델에게 사과처럼 가만히 있기를 부탁하곤 했다. 미술뿐 아니라 음악에서도 후임들을 마음껏 인적 자원으로 여겼다. 공교롭게도 맏후임은 바이올린을 연주할 수 있는 능력자였고, 그 아래는 색소폰(!)을 취미로 하다가 왔다고 했다. 크리스마스 시즌이 되면 애인이나 가족 등 외부인을 부대에 초청하여 각종 재롱잔치를 열고는 했는데, 이때다 싶어 나는 후임들을 미리 집합시켰다. 그리고 밴드 결성을 '명령'했다. 후임들은 허락을 받아 휴가에서 복귀할 때 악기를 가져왔고 우리는 주말마다 교회에 모여 연습했다. 다른 부서의 기타 치는 병사와 드럼 치는 병사도 합류했다.

대망의 발표 날, 같은 군인이 아니면 아무도 눈치 못 채는 세 겹, 네 겹 다림질한 군복을 한껏 차려입고 떨리는 마음으로 연주를 시작했다. 내 피아노 반주에 맞춰서 색소폰이 감미로운 멜로디를 연주한 첫 순서, 김범수의 <보고 싶다>까지는 썩 괜찮았다. 그러나 두 번째 <캐논 변주곡>과 세 번째 <Feel so good>이라는 즐거운 곡을 연주할 때 내 안색은 점점 어두워졌다. 밴드에서 유일하게 나보다 계급이 높았던 근육 두더지가 있었는데 삥 받으면 박자를 무시하고 미친 듯이 드럼을 갈겨 대던 놈이었다. 실전에서도 그놈 홀로 영화 <위플래쉬>를 찍어 댄 바람에 연주는 폭망하고 말았다. 그래서 그때 포상휴가를 받았던가 말았던가.

무신론자인 나도 진심으로 하나님을 부르짖으며 기도한 적이 딱 한 번 있다. 전역하기 전 9개월 동안 나는 무려 지뢰 제거반에 차출되어 전국을 떠돌아다니며 아찔한 파견 생활을 하게 되었다. 떨어지는 낙엽도 조심해야 할 말년에 나는 발밑에서 지뢰가 터지지 않기만을 바라야 했던 것이다. 주여…. 그때 생명 수당이라고 10만 원(지금 생각해도 너무한 거 아닙니까?)씩을 더 줬는데, 나는 병장 월급과 그 생명 수당을 차곡차곡 모았다. 그 돈을 보태어 전역 후에 중고 야마하 업라이트 피아노를 내 방에 들일 수 있었고, 다행히 내 발목도 무사했다. 그때 산 피아노는 지금까지 부동의 보물 1호다.

억만금을 준다고 해도 다시 돌아가기 싫은 시절, 희망 하나를 찾아 근근이 살아냈던 나의 군대 썰은 여기까지다. 지금도 군부대 어디선가 교회를 기웃거리며 피아노를 탐하고 있을 이름 모를 군인을 향해 기도하고 싶다. 피아노 치는 즐거움 게을리하지 마시고, 부디 무사히 전역하시라.

사랑을

잃고

　　나는

쓰네

결전의 날이 왔다. 갈고닦은 칼을 꺼내 들었다. 시절은 드라마 <파리의 연인>에서 박신양이 "문이 열리네요~"라고 노래를 부르며 피아노 프러포즈를 전 국민적으로 유행시킨 때였고 나는 문 닫힌 곳에 사는 군인이었다.

　짝사랑하던 친구가 있었다. 몇 번 오간 편지를 근거로 나에게 조금의 호감은 있을 거라 확신했다. 나도 연애 좀 해 보자! 휴가를 나와 그 친구를 데리고 종로의 어느 피아노 카페에 들어갔다. 사람들이 꽤 많았다. 연주 신청을 하자마자 오들오들 떨렸다. 그 떨리는 손을 부여잡고 무대로 올라가 새하얀 그랜드 피아노 앞에 앉았다. 마음을 가다듬지 못한 채로 조용히 쇼팽 <녹턴> 연주를 시작했다.

아무도 안 듣고 있을 줄 알았는데 연주가 끝나고 나니 우레와 같은 박수가 쏟아졌다. '이 정도면 게임 끝 아닌가?'라는 거만한 표정으로 테이블로 걸어간 나에게 그 친구가 던진 외마디가 아직도 기억난다. "수고했어." 그리고 아무런 말이 없었다. 어색한 침묵만 흘렀다. 말을 곱씹었다. 음… 수고했어? 수고했어. 수고…하셨습니다? 어딘가 익숙한 말이었는데, 생각해 보니 군대에서 열심히 삽질한 다음에 장병들끼리 서로 건네는 인사말이 아니던가.

　현실은 드라마가 아니었다. '애기야 가자'라는 대사를 준비하고 있던 나는 모자를 푹 눌러쓰며 혼잣말을 했다. 잘 있거라, 더 이상 내 것이 아닌 열망들아. 그래, 그 모자. 생각해 보니 그 우스꽝스러운 밤색 모자가 문제였어. 터덜터덜 집에 오는 길에 별을 보며 다짐했다. 피아노 앞에서 삽질하는 마음으로 모든 죽어가는 것을 사랑해야지. 밤색 모자가 바람에 스치는 밤이었다.

바이엘

논쟁

스무 살 때(2004년) 받은 바이엘 수료증을 SNS에 올렸다. 그러자 동료 감독이 댓글을 달았다. 어느 영화제 술자리에서 인연이 된 이병기 감독. 논쟁은 시작되었다.

이병기: 저도 바이엘 하편까지 수료하였습니다.

나: 하편이요? 이런 말씀 드리기 송구합니다만 제가 수료한 《새로운 바이엘》은 기존 상·하로 나뉘어 있던 교재의 취약점을 보완하고 전문성을 키우고자 1, 2, 3, 4권으로 재편해서 고된 훈련과 폭포 같은 땀을 흘려야만 겨우 수료할 수 있는 자부심 있는 버전입니다. 죄송하지만 바이엘계에서는 상·하 버전을 인정해 주지 않

습니다.

이병기: 아니 감독님, 권수를 늘리는 것은 마치 태권 도장이 단 하나 더 끼워 넣고 오래오래 돈 벌려는 상술과 매한가지 아닙니까! 바이엘이 그렇게 혼탁해졌다니 충격입니다. ㅠㅠ — 98년도 바이엘 수료자 이병기 씀.

나: 일단 진정하시고 제 말을 천천히 들어 보시기 바랍니다. 이 교재가 얼마나 내실 있는지는 직접 배워 본 사람만이 압니다. 보통은 힘든 수련 때문에 3권 올라갈 때 수강자의 80프로가 포기하게 되고, 역경을 극복하고 4권까지 가면《체르니 100》과도 맞짱 뜰 수 있는 현란한 손놀림을 장착하게 됩니다. 98년도 선배님이라 일단 존경을 표하는 바이지만 팩트를 말씀드립니다.

이병기: 자고로 바이엘은 상·하 편의 연두색과 분홍색 표지였을 때가 정수였습니다. 그 순수성을 포기한 바이엘에 깊은 유감을 표하며 자본주의가 바이엘계를 망가뜨렸다는 사실을 저는 두고두고 기억할 겁니다. 피아노 선생님이 열 번 치고 가라고 하면 다섯 번 치고 동그

라미 열 개에 빗금 쳤던 지난날을 바이엘 상·하 수료자들은 모두 기억하고 있습니다.

나: 인정합니다. 제가 바이엘 엘리트주의에 빠져 있었던 것 같아 사죄드립니다. 엘리트가 아닌 바이엘계도 차별하지 않고 포용할 줄 아는 세상을 위해 저도 노력하겠습니다.

이병기: ㅋㅋㅋㅋㅋㅋ 바이엘 엘리트주의 ㅋㅋㅋㅋㅋ ㅋㅋㅋ 아 웃다가 눈물 났습니다. 헉, 그러고 보니 체르니 선생님들이 이 논쟁을 보면 어떻게 생각하실까 두려워 도망치겠습니다.

나: 체르니야말로 한국 음악계의 고질적인 병폐이고 물리쳐야 할 대표적인 적폐 대상입니다. 꿈나무들이 음악 자체를 즐기지 못하게 하고 기교에만 집중하게 만들어 어머니들 사이에서 "그쪽 아이는 체르니 몇 쳐?"라는 질문으로 예술에 순위를 매겨 온 것이 이른바 체르니 권력입니다. 그 결과 소수의 전공자를 제외하고는 모두 체르니를 접하고 음악계 외부로 사라진 게 우리나라 현실

아닙니까? 바이엘 수료자여, 기죽지 마시길….

이병기: 아… 감독님, 무척 힘이 되었습니다. 제가 지금은 계이름도 못 읽는 까막눈이 되었지만 어린 날 예술혼을 불태울 적 기억을 돌이킬 수 있는 시간이었습니다. 조만간 바이엘 관련해서 많은 대화 나눌 자리 있으면 좋겠습니다.

음악을

미술로

내 바람과는 상관없이 왜 어떤 마음은 사라지고, 어떤 마음은 다시 생겨나는 것일까. 전역 후에 예전처럼 종일 피아노만 칠 줄 알았지만 그렇게 되지 않았다. 마음은 '저장하기'를 클릭했다가 '불러오기' 하는 게임과는 다르더라. 어쩐지 예전의 열정이 돌아오지 않았다. 짧고 강렬한 불꽃 같은 연애가 끝나는 느낌이었다. 찔끔찔끔 치다가 말기를 반복하며 어느새 내 피아노는 먼지 쌓인 가구로 10년을 보내게 된다. 슬프거나 아쉬운 마음은 별로 없었다. 뭐, 어차피 취미일 뿐이었으니까. 그간 즐거웠으면 됐지.

본업으로 돌아와 화가의 길을 걸었다. 복학해서는 작가가 되겠다는 일념 하나로 그림 작업에 매진했다. 취미였던 피아노는 아무 생각 없이 즐기기만 하면 되었지만, 전공인 그림은 사정이 달랐다. 기교를 쌓아 올리는 것은 아무 의미가 없었다. 그보다는 뭘 그려야 할까? 잘 그린 그림과 좋은 그림의 차이는 뭘까? 그림으로 뭘 추구하고 어떤 메시지를 전달해야 할까? 따위의 근본적인 질문들을 마주해야만 했다. 아마추어의 끝, 프로의 시작점에 있는 모든 사람이 반드시 거쳐야 하는 혼란과 방황의 바다에 나도 돛단배를 타고 출항했다.

내가 생각하는 아마추어 예술가와 프로 예술가의 결정적인 차이는 기교가 아니다. 매체를 능숙하게 다루는 능력은 후하게 점수를 준다고 해도 3할이다. 나머지 7할은 자기 서사다. 본인만의 이야기를 확고하게 가진 자는 이미 타인과의 비교가 불가능한 영역에 있는 사람이다. 테크닉이 좀 서투르더라도 그것은 시간이 지나면 해결될 문제다.

많은 예술가 지망생들이 좋아하는 마음만 가지고서는 프로의 길로 접어들지 못하는 이유가 바로 이야기의 부재다. 물론 이야기만 있고 표현 능력이 없는 경우에는 졸작이 나온다. 그러나 표현 능력만 있고 이야기가 없는 경우에는 시작조차 불가능한 경우가 많다. '문장만'

있는 소설, '재현만' 있는 그림, '미장센만' 있는 영화를 감상할 때 마음 밑바닥에서 올라오는 공허하고 허탈한 감정, '도대체 저걸 왜 만들었을까'라는 심정, 누구나 경험해 봤을 것이다.

자기 서사를 구축하는 것은 어려운 일이지만 그것을 찾았다고 해도 끝은 아니다. 사람의 정체성은 시기마다 변한다. 당차게 이야기를 시작해서 프로의 길로 들어선 사람들도 어느 순간 다시 혼란의 바다로 돌아온다.

나는 지금도 매일 스스로에게 묻는다. 주변 동료 예술가로부터 종종 듣기도 한다. "나 무슨 작업을 해야 할지 모르겠어. 내 안의 이야기가 다 사라진 것 같아. 어쩌면 좋아?"

순수 취미였던 피아노가 실마리를 제공했다. 다시 붓을 잡았을 때, 미술로 하고 싶은 이야기는 음악이었다. 구체적으로 말하면 '나의 음악적 체험'을 미술로 변환하는 것이 스스로 설정한 과제였다. 피아노를 배우던 스무 살 첫해, 감각을 뒤흔든 기억이 있다. 당시 원장님은 중후한 중년 남성이었는데, 레슨 중에 "잠깐 나와 볼래?" 하고 들려준 연주는 내게 '사건'이었다. 무대와 객석의 구분이 없는 그 조그마한 공간에서 음들이 울려 퍼져 벽에 튕기고, 다시 그 소리가 내 몸을 통과했을 때 나는 놀라서 할 말을 잃었다. 좋다기보다는 압도되는 느낌, 찌릿찌릿하고 저릿저릿한 느낌! (미술가답게 잘난 척을 해 보자면) '미학적 숭고' 비슷한 것을 체험했다. 편안하게 앉아서 무대를 지켜보는 관조적 감상이 아니라 온몸을 휘젓는 신체적 체험, 감각의 폭력에 가까웠다. 내 경우에 이 느낌은 연주자 바로 옆에 바짝 붙어서 감상할 때 극대화된다. 뛰어난 연주 실력이 그 자체로 항상 감동을 보장하지는 않는다. 그보다는 연주 장소가, 선곡이, 관객의 위치가 더 민감하게 작용하기도 한다. 그날의 경험은 화려한 콘서트홀에서 열린 유키 구라모토의 리사이틀, 심지어 에브게니 키신의 내한 공연보다 더 좋았다.

반면 수많은 전시장에서 마주한, 지루하기 짝이 없던 '현대 미술'에서는 아무런 감흥을 받을 수 없었다. 음악적 체험을 미술로 재현하겠다는 다짐은 너무 추상적이고 거대해서 도달하지 못할 목표였지만 어쨌든 그렇게 나의 그림을 시작했다.

처음에는 음악과 그림을 동시에 건드린 선배들을 찾아 서양 미술사를 훑었다. 당장 모더니즘 시기의 파울 클

레나 칸딘스키가 눈에 들어왔지만 내 취향은 아니었다. 이론적인 기호 체계를 갖춘 그림들에서는 내가 음악에서 느낀 생생함이 없었다. 내 스승이 되었던 화가는 폴 세잔과 1900년대 활동한 프랜시스 베이컨이었다. 그들은 감각을 직접 건드렸다. 세잔은 하늘이 뻥 뚫린 세계에서, 베이컨은 방문이 닫힌 고립된 세계에서.

나는 붓질 하나하나가 음악이 되길 원했다. 수많은 시행착오 끝에 나름의 방법론을 개발해 동네 뒷산을 밤낮으로 그렸다. 산책할 때마다 나뭇잎 사이로 떨어지는 햇살이 찬란한 색 뭉텅이로 변하는 모습에 자주 발걸음을 멈췄다. 음악에서 느꼈던 생생함과 같은 숲속의 그 거대한 우주적 풍경에 매료되었다.

졸업 후에도 망해 가는 동네 미술 학원의 빈방을 값싸게 얻어 붓질을 이어 갔다. 오후 두 시, 작업실에 출근하여 라디오를 틀어 놓으면 어느덧 자정의 디제이가 클로징 멘트를 했고, 그것까지 듣고 퇴근하는 게 일상일 때도 있었다. 그렇게 그림으로만 세 번의 개인전을 열어 '작가' 호칭을 얻었다. 음악적 체험이니 뭐니 했던 원래의 목표는 흐릿해졌고 최종적으로는 그냥 알록달록한 풍경화를 그리게 되었다. 그러나 수많은 열혈 20대처럼, 당시에는 뜨거운 열정에 사로잡혀 뭔가 대단한 미술사적 목표를 추구하고 있다고 착각했다. 그냥 풍경화 한 점 그리면서 들뢰즈의《감각의 논리》나 베르그손의《물질과 기억》등 프랑스 철학자 아저씨들을 요란하게도 인용했던 작가노트 흑역사를 보면 지금도 낯이 후끈거린다.

아무튼, 나는 그림 그리는 것이 좋았고, 내 그림을 구매하는 사람도 여럿 생겼으며, 그렇게 화가로서의 경력을 차곡차곡 쌓아 갔다. 화가의 인생 이외의 삶은 한 번도 예상해 본 적이 없었다. 적어도 그때까지는.

동네 화가의 역할

나는 항상 숲을 통해 우주를 느낀다. 나무의 형상은 은하단을 형성하는 뼈대를 보는 듯하며, 진녹색의 나뭇잎 사이로 들어오는 수천 개의 햇살에서 마치 은하에 존재하는 천억 개의 별들을 느낀다. 광막한 우주는 나에게 무한한 가능성들의 세계이며 아주 강한 긍정을 내포하고 있다. 어떤 때는 숲의 모습이 우주에 대한 은유가 아니라 구체적인 모습일 수도 있겠다는 생각을 많이 한다. 그래서 나는 숲을 보면서 이렇게 작은 개체의 형태가 커다란 세계의 모양과 비슷하다는 프랙탈 구조로서의 우주의 모형, 혹은 지도를 상상해 본다. 숲속, 사람의 몸속, 얼굴 속에 우주 전체의 구조가 되풀이되는 상상을 한다.

동네를 걸어가다 보면 꼭 필요한 것들이 하나씩은 있다. 슈퍼마켓, 세탁소, 김밥집, 수학 학원, 철물점, PC방, 교회 등등…. 모두 저마다의 역할을 수행하며 한 동네가 잘 돌아가게 만드는 요소들인 것처럼, 어느 동네에도 자신이 살고 있는 동네를 더욱 더 아름답게 볼 수 있는 시선을 선사해 주는 화가도 한 명쯤 꼭 필요하지 않을까. 예술 작품의 가장 큰 매력은 전혀 없던 상상의 세계를 만들어 보여 주는 것이 아니라, 일상 속에서 판타지를 일깨워 주는 시선을 만들어 주는 것이 아닐까 싶다. 생각해 보니 뭐 그게 굳이 아름다움일 필요는 없겠다. 예를 들어 재개발 문제, 동네에서 없어지고 사라져 가는 것들에 대한 시각적 고발, 모두 동네 화가의 역할일 테지. 화가도 이렇게 동네에서 꼭 필요한 존재이고 싶다.

절필

선언

때는 2019년, 언제나 사건은 전화 한 통으로부터 시작된다. "오재형 작가님, 오랜만입니다. 잘 지내셨죠? 다름 아니라 개인전 해 보지 않으시겠어요? 한 달 반 뒤라 시간은 굉장히 촉박해서 죄송한데요. 작가님 그동안 그려 놓은 그림들도 많고 또 갤러리와 어울리겠다 싶어서 이렇게 연락드렸어요." 신진 작가들을 모아 매년 개최하는 <브리즈 아트페어>에 참가한 계기로 인연이 된 정지연 에이컴퍼니 대표의 전화였다. 반가운 제안이었지만 나는 고사했다. 최근 몇 년간은 영상 작업에 치중하느라고 그림을 거의 그리지 않았다. 마음에 드는 신작 없이 갑자기 코앞의 개인전을 치르기는 부담스러웠다. 정말 개인전이 필요한 후배를 물색하려다가 또 마땅찮은 사람이 없어서 며칠 생각하고는 다시 전화를 걸었다. "대표님, 전시하겠습니다. 다만 조건이 있습니다. 있는 그림을 벽에 거는 것은 현재의 제게 아무 의미가 없어요. 화가로서의 은퇴전을 열겠습니다."

"이제 그림 안 그리는 거예요?" 내 은퇴전을 찾아온 조문객들은 물었다. 도대체 왜냐고 묻기도 했다. 그냥 심심해서 한 결정은 아니었다. 어느 날 내면을 가만히 들여다봤다. "저는 그림 그리는 사람입니다."라고 소개하기 부끄러울 정도로 그림 작업을 하지 않은 지 꽤 되었다. 정말로 그림을 안 그릴 거냐고 묻는 지인들에게 답했다. "내일 당장이라도 그릴 수 있겠지요. 그러나 평면에서 뭔가를 발견하려고 애쓰고, 빈 캔버스에 채워질 그림이 너무 궁금하고, 설레고, 괴로워하고, 다음 그림을 미리 탐구해 보는, 그러니까 화가로서의 정체성을 가지고 그림 그렸던 오재형은 제게 작별을 고한 거 같아요."

그림 그리기는 너무 진지하게 생각해 왔던 일이었기에 열정이 흐지부지 사라지는 모습을 지켜보기가 싫었다. 좋은 추억만 있는 상대와 앞으로 함께할 수 없음을 알아챘을 때, 잠수 타거나 문자 보내는 간편한 방식으로 관계를 마무리할 수는 없다. 애정하는 대상에게

'끝'이라는 이벤트를 여는 것이다. 미련은 없었다. 조금 아련한 기분이 들기는 했다. 화가는 유년 시절부터의 장래희망이었으니까. 그러나 나는 꿈을 이뤘다. '유명한'이라는 수식어가 붙지는 못했지만 어쨌든 호칭은 충분히 얻었다. 짧다면 짧고 길다면 긴 관련 활동도 해 왔다. 또, 태어나서 이 정도 그려 봤으면 된 거 아닌가, 라는 생각도 들었다. 전시를 찾아온 동료 작가들에게 남은 캔버스 천, 왁구, 물감, 붓을 넘겼다. 한 친구는 말했다. "역시 너는 관종이구나. 그림 안 그리겠다는 이벤트까지 열어서 사람을 방문하게 만들다니."

이 전시를 준비하며 10년 전 졸업 전시회에 출품했던 그림을 꺼냈다. 지망생 시기에 넘치는 열정으로 그렸던 커다란 그림을 천천히 들여다봤다. 이제는 내게 별 의미가 없었다. 마지막으로 물감을 팔레트에 짰다. 붓을 들었다. 그 그림 위에 전시 서문 겸 추도사를 적었다. 제목은 <안녕>.

안녕

한 사람이 있다. 그 사람은 나다. 내 안의 한 사람은 한때 그
림을 열심히 그렸다. 그는 주로 숲이나 산 따위를 알록달록
한 색으로 그렸다. '자연의 아름다움'이라는 다소 상투적인
표현으로 그가 그림에 매료되었던 이유를 거칠게 요약할 수
도 있겠다. 시간이 난다면 그를 조금 더 들여다보자. 자연을
향해 이글거렸던 고흐의 감정, 처음 눈을 뜨는 갓난아이처
럼 세상을 응시했던 세잔의 시선, 대상을 재현하고자 하는
자코메티의 집요한 의지, 이렇게 세 가지 재료를 소중히 채
집해서는 그것들에 고추장을 넣고 비벼서 자기 입맛에 맞는
요리를 캔버스에 남겼다.

현재 그는 더 이상 심심하거나 할 일이 없어도 뭔가를 그리
지 않는 사람이 되었다. 영원할 것 같았던 페인터로서의 열
정과 야망은 어느 순간 그의 내면에서 자취를 감춘다. 그림
에 대한 내적 동기를 완전히 상실했다. 여러 가설이 등장했
다. 계절이 바뀌듯 자연스럽게 진행된 이유 없는 감정의 변
화 혹은 상실이라고 보는 이도 있었으며, 일각에서는 그가

스스로의 한계를 느끼고 여러 시도를 해 보았으나 어쩐지 잘 안되었고, 영혼 없는 자기 복제의 가능성들이 보이자 주저 없이 절필을 결심했다는 설도 있었다. 이에 손사래를 치며 반론하는 사람들도 있었다. 주류 미술계가 찬양하는 것들이 그에게는 대체로 노잼이었고, 마땅히 동경해야 할 판 자체가 애초에 없다는 것을 깨닫고 동력을 잃었다는 것이다. 그 럴듯한 자기 포장에 속지 말라며 콧방귀를 뀌는 이들은 또 다른 이야기를 전했다. 실은 그가 주요 공모전에서 떨어지기 일쑤였고, 소위 '미술계 메인스트림'에 머리털 한 올조차 기웃거리지 못했으며, 그냥 알록달록한 숲 그림이 컨템퍼러리 아트 씬에서 먹히리라 생각했던 것이 가당키나 하냐면서, 때문에 이 사회에서 미술 작가로서의 인정 투쟁에 완벽하게 실패한 경험들이 원인이라는 것이었다.

그가 떠나 버려서 이유를 물을 수 없게 되었다. 그림이 그를 떠난 것인지, 그가 그림을 떠난 것인지…. 그와 가장 가까웠던 나는 '인생무상'이라는 말로 그를 해석하려고 한다. 인생 허무하다는 뜻은 아니다. 우리 인생에는 정해진 상像이 없다는, 여성학자 정희진의 문장을 빌리고 싶다. 불변하리라 믿었던 마음들도 언젠가 증발된다. 그는 그 증발을 뒤늦게 발견했고, 처음에는 자신이 떠나고 있는지도 모른 채 어디론가 걷고 있었을 것이다. 그러다가 분명 또 재미난 무언가를 발견했을 것이다. 끝이 있기에 또 다른 시작도 있는 법. 나는 그를 무한정 응원한다. 그가 다시 이곳으로 돌아올지 아는 사람은 아무도 없다. 무슨 일이 있었냐는 듯이 어느 날 태연하게 돌아와 붓을 잡고 있을지 누가 아는가. 어쨌든 현재는, 그 사람은 여기에 없다.

나는 '그 사람'의 잠정적 이별을 뒤늦게 기념하고 추모하는 전시를 열기로 했다. 그 사람이 그렸던 그림들을 오랜만에 꺼내 본다. 한 번도 전시하지 못한 그림, 언젠가 그릴 목적으로 만들었을 빈 캔버스들, 완성했으나 마음에 들지 않아 뭉개 버린 그림들까지 모두 기념하기로 한다. 모두들 안녕.

오래된
마음이
숨을
쉬네

서른을 넘기고 관심사는 영상으로 흘렀다. 이미지를 다루는다는 점에서 미술에서 영상으로의 전향은 몇몇 기술적인 문제만 극복하고 나면 진입 장벽이 그리 높지 않았다. 우연한 기회에 만든 짧은 단편이 영화제에 소개되고 나서부터 나는 이른바 감독뽕을 맞았다. 매번 관람객으로만 방문했던 극장의 그 커다란 스크린에 내 영상이 나오는 것도 신기했고, 감독님, 감독님 불러 주는 것이 그렇게 오글거리면서도 좋더라. (허영심 많은 나는 '작가님'보다는 '감독님'이 확실히 듣기에 더 좋다. 독립 영화, 특히 그중에서 다큐멘터리나 실험 영화는 연출자 혼자 북 치고 장구 치며 완성하는 경우가 많아 호칭처럼 누굴 '감독'할 상황은 거의 없어 민망하지만, 아무튼.) 또 모래 알갱이처럼 흩어져 있는 미술계와 달리 페스티벌을 열어 다 같이 작품을 보고 술도 마시는 영화제가 너무 신나는 거라! 나는 이후 매년 단편 신작을 내놓았고 갤러리보다는 스크린 앞에서 관객과 만나는 일이 잦아졌다.

그러나 극장 환경이란 크기와 장비의 차이일 뿐 비슷한 구조를 가지고 있다. 어느 날 영화제 단편 섹션에서 상영을 마치고 생각했다. 모두가 똑같은 크기의 스크린에 일률적으로 작품을 보여 주는 디스플레이 방식이 나와 100프로 맞지는 않는 것 같다고. 폐허였던 장소를 개척해 기어이 공간을 꾸미고, 사다리에 올라타 마음에 드는 조명을 달고, 멀쩡한 흰 벽도 원하는 색으로 직접 페인트칠을 해야 직성이 풀리는 미술가의 본성이 스멀스멀 기어 나왔다. 극장 상영도 좋지만 이제 나만의 방식으로 내 영화를 보여 주고 싶다는 욕망이 일었다.

그 무렵 혼자 여행도 할 겸 별 계획 없이 제주도에 갔다. 두꺼운 코트를 입고 파도를 따라 올레길을 걷다가 지겨워지면 버스에 올라탔고, 괜히 우도에서 전기차를 빌려 타며 시간을 때웠다. 여행지에서 낯선 사람들과 대화해 보고 싶은 마음과 덤으로 자잘한 로맨스도 있으면 금상첨화라는 생각으로 떠난 여행이었는데 막상 도착하니 모든 것이 시큰둥하고 귀찮았다. 겨울 바다에서 감성을 충전하는 사람들이 있던데 나는 5분 이상을 견디지 못하고 고개를 돌렸다. 숙소는 1인실만 잡았고 재미없는 책을 읽다가 잠들곤 했다. 돌아오기 전날, 뜬금없이 연고도 없는 제주도에서 대출받아 치킨집을 열겠다고 호기를 부린 친구를 만나 술을 한잔 기울였다. 그래 나중에 망하는 일이 있더라도 새로운 일을 시작하는 너의 마음을 응원하며 건배. 그날 밤, 친구와 작별하고 공항에서 가까운 게스트하우스를 찾았다. 다행히 4인 도미토리 방이 남아 있었다. 개성이라곤 찾아 볼 수 없는 칙칙한 건물, 삐거덕거리는 낡은 침대가 있는 방에는 이미 여행객들이 자고 있었다. 까치발로 돌아다니며 간단히 씻고, 컴컴한 침대에 누웠다. 창밖에서 들려오는 바람에 나무 흔들리는 소리가 매서웠다. 그리고 2층 침대에서 주무시는 분의 요란한 코골이를 들으며 불현듯 다짐했다. '아무래도 나는 피아니스트가 되어야겠어.' 당시 서른두 살이었다.

타카기 마사카츠(Takagi Masakatsu)를 떠올린 것은 그때였다. 피아노에 미쳐 있던 20대 초반에 무언가를 검색하던 중 그를 알게 되었다. 타카기 마사카츠는 직접 피아노 연주를 하는 동시에 자신이 만든 영상을 관객에게 보여 주는 아티스트다. 피아노를 전공한 그는 실험 음악을 작곡하고 연주하는 뮤지션으로서도 상당한 인지도가 있었고, 동시에 회화적 질감을 영상으로 구현하는 기술도 갖춘, 흔히 말하는 '사기캐(사기 캐릭터)'였다. 내한 공연을 했을 때는 번개같이 달려가서 관람했다. 영상도 너무 아름다운데 거기에 공연에서 느낄 수 있는 긴장감까지 더해져 멋짐이 폭발했다.

요즘에는 음악가도 무대 미술로 영상을 활용하는 경우가 꽤 많아서 영상과 음악이 만나는 공연이 그리 새로울 것이 없다고 누군가는 말할 수도 있겠다. 하지만 공연에서 영상이 단순히 '화려한 뒷배경'이 아닌 그 자체로도 훌륭한 독립적인 작품으로 인식되는 경우는 극히 드물다. 그날 공연에서 이미지와 사운드를 동시에 다루는 사람만이 만들어 낼 수 있는 제3의 감각을 체험했다. 너무 멋져서 따라 할 생각조차 할 수 없었던 그 마음이 어느 허름한 도미토리 방에서 낯선 남자들의 코 골고 이 가는 소리를 스테레오 사운드로 들으며 불쑥 소환되었다.

그래, 피아노. 장기하 노래 가사처럼 "오래된 마음이 숨을 쉬기" 시작했다. 피아노와 영상, 영상과 피아노, 막

연하긴 한데 할 수 있지 않을까? 이렇게 아무 근거도 없이 잘될 거라는 긍정 마인드가 괜시리 치솟을 때, 타이밍을 놓치지 말고 바로 실행으로 옮겨야 한다. 장르를 불문하고 작품 활동이 생계로 이어질 거라는 기대와 보장이 없는 이 순수 예술 세계의 유일한 장점은 다음과 같다. 매달 꽂히는 월급 때문에 퇴사를 고민하는 직장인과는 사뭇 다르다.

1. 하고 싶은 것을 한다.

2. 재미없으면 손절한다.

3. 망할 것도 없다.

예술의

　　　잔당들과

등촌동 피아니스트

정해진 시간이 되면 악보를 들고 갤러리로 출근한다. 문을 열고 조명을 켠다. 영상을 튼다. 한가운데에 있는 피아노 앞에 앉는다. 공연을 시작한다. 관객은 아무도 없다. 쉬거나 놀 수는 없다. 스스로 정한 원칙이 있다. 열흘간 매일 두 시간, 쉼 없이 연주할 것. 공연 중 피아노에 반사된 모습을 통해 가끔 관객이 다녀간 것을 엿볼 뿐이다. 지인과 동네 주민이 출몰하긴 하지만 대부분은 텅 빈 갤러리에 나 혼자다. 두 시간 연주를 끝내면 방명록을 확인한다. 누가 왔고, 어떤 감상을 적었는지. 어느 날엔 한 명도 안 왔다. 아들 개인전 한다는 소식에 엄마가 갤러리로 찾아왔다. 관객이 없어서 안타까웠는지 거리로 나가 호객 행위를 하기도 했다. 저기요, 저 건물 2층에서 누군가가 매일 피아노를 치고 있어요….

문화 인프라의 사각지대라고 할 수 있는 서울시 등촌동에 난데없이 미술 갤러리가 생겼다. 나는 이곳에서 피아노를 놓고 판을 벌였다. 전시 기회를 얻기 힘든 젊은 작가 일곱 명이 차라리 우리가 직접 갤러리를 운영해 보자는 생각으로 합심하여 만든 공간이었다. 이들은 재건축 때문에 1년 뒤에 철거 예정이던 공간의 건물주를 설득하는 데에 성공했고, 임대료 없이 딱 1년 동안 쓸 수 있게 되었다. 벽에 합판을 붙여 공사를 하고 천장에는 조명을 다는 등 정성을 모아 꽤 괜찮은 미술 공간을 탄생시켰다. 그들은 스스로를 '예술의 잔당들'이라 칭했다. 인증을 받아야만 사용할 수 있는 '미술관'에서 점 하나를 빼 재치 있게 '일년만 미슬관'이라고 갤러리 이름을 지었다. 본인들 작품을 주로 전시했지만, 가끔 처지가 비슷한 외부 작가에게 공간을 내어 주기도 했다. (약속대로 1년 뒤, 일년만 미슬관은 역사 속으로 사라졌다.)

개인전 장소를 물색하던 나는 우연히 이 공간을 알게 되었고 예술의 잔당들에게 메일을 보냈다. 전시하고 싶습니다. 답장이 돌아왔다. 환영합니다, 오재형 작가님.

예술의 잔당들은 흔한 공모전처럼 합격과 불합격을 전제로 포트폴리오 심사도 하지 않았고, 프레젠테이션 면접도 요구하지 않았다. 그들도 (나처럼) 불합격 소식을 밥 먹듯이 들어야 했던 작가 입장이었기에 심사 제도에 넌덜머리가 났을 것이다. 무엇도 증명할 필요가 없는 시공간에서 사람은 자유롭고 과감해지기 마련. 특히 창작자라면 이런 기회가 더없이 소중하다. 나는 일년만 미슬관에서 타카기 마사카츠처럼 영상과 피아노 연주를 조합한 전시/공연을 최초로 실험할 수 있었다. 나는 내 작품으로 세상을 바꾸고 싶었다.

전시를 위해 평소 문제의식을 품고 있던 사회적 폭력의 풍경들을 취합해서 애니메이션을 만들었다. 2800여 장을 한 장씩 일일이 컷 작업해야 하는 고단한 로토스코핑(실제 촬영한 영상을 바탕으로 제작하는 애니메이션 기법) 방식을 택했다.

영상을 완성한 후에는 피아노를 연습했다. 이루마의 피아노곡 제목을 인용하여 전시 이름을 붙이고 사람들을 초대했다. 매일 갤러리에서 이루마의 <블라인드 필름>, 슈만의 <트로이메라이>, 쇼팽의 <녹턴 2번>, 그리고 전시 기간 중 만든 자작곡 <I wish>를 번갈아 연주하고 영상을 상영했다. 매일 공연하는 전시 방식은 국회의원들에게서 힌트를 얻었다. 당시 야당 의원들이 테러방지법 통과를 막기 위해서, 정확히 말하면 지연하기 위해서 국회에서 몇 시간이고 연설을 하는 '필리버스터'를 진행했다. 그 생중계를 보면서 큰 감명을 받았다. 당장의 결과가 바뀌지 않음을 충분히 인지하고 있으면서도 자기 자리에서 할 수 있는 최대한의 것을 행하는 액티비즘을 보았다. (하지만 그때 내가 받은 감동은 현재 보류 상태다. 당시 야당은 현재 초거대 여당이 되었지만 테러방지법은 여전히 존재하며, 당시의 절절함과는 온도 차가 확연하게 느껴지기 때문이다.)

파리 날리는 등촌동의 어느 미술 갤러리에서 무명작가인 내가 뭘 한다고 세상이 달라질 리 없다. 하지만 가만히 있을 수도 없었다. 사회 구성원으로서, 한 명의 미술가로서, 영화감독으로서, 또 데뷔하는 피아니스트로서, 지금 벌어지고 있는 온갖 부조리한 일들에 대해 "예술가로서 저는 이런 생각을 가지고 있습니다."라고 말하고 싶었다. 아무도 오지 않더라도 스스로에게 수행적 의미도 있었다. 매일 일정 시간 동안 연주하는 행위는 액티비스트로서의 정체성을 소심하게 내보이는 것이었다. 보는 이의 마음을 바꿀 순 없겠지만 작은 균열이라도 냈으면 하는 마음으로 연주를 했다. 열흘간 50여 명의 관객이 다녀갔다. 연주를 마치면 긴장된 마음으로 등 뒤에 있는 방명록을 확인했다. 누가 왔다 갔으며 어떤 감상을 남겼을까. 두근두근. 어느 날은 방명록에 조그만 글씨로 이런 내용이 남겨져 있었다.

내 친구 민규는 똥을 0.1초에 10000000개 밟음.
-연준 씀-

동네 초등학생이 왔다 간 모양이다. 음, 그래… 연준아, 나중에 어른이 되면 네가 이해하지 못할 일들을 목격할 거야. 그때 민규 똥 말고 내 전시를 떠올려 주렴. 물론 방명록에 똥 이야기만 있지는 않았다. 가장 간직하고 싶은 소감도 있었다. "내내 목에 뭔가가 걸려 있는 기분이었습니다. 저는 '아름답다'라는 말에는 슬픔도 포함되어 있다고 생각하는데 그 단어가 가장 어울리는 전시였어요. 감사드려요."

전시 기간 중 관객들의 감상을 보고 들으면서, 예술의 잔당들과 자주 술잔을 기울이며 나는 확신했다. 이거다.

재밌고 즐겁다. 사람들도 흥미를 보인다. 여성학자 저메인 그리어는 "즐겁지 않은 투쟁은 잘못된 투쟁이다."라고 말했다던데, 그런 의미로 보자면 나의 '투쟁'은 이미 절반의 성공 아닌가. 계속 이렇게 하면 되는구나. 피아노로 시작해 그림을 거치고 영상으로 바톤 터치를 한 뒤, 다시 이 모든 것이 피아노와 함께 혼합된 형태로 돌아왔다. 이 직업을 정확히 뭐라고 불러야 할지는 여전히 어렵다. 그러나 방랑하던 내 변덕이 드디어 종착지를 찾았다.

〈BLIND FILM〉

일년만 미술관 | 2016.6.22.~7.1.

블라인드 필름

나는 숲속의 도 닦는 노인이었다. 한 손에 붓 하나 든 채로. 초록초록한 잎사귀를 보며 녹색녹색한 그림을 그리는 것은 꽤 즐거운 수련이다. 알록달록하게도 그려 보고 새콤달콤하게도 칠해 보았다. 보기에 좋았다. 한때 이런저런 의미를 붙여 보기도 했으나 결국 보기에 좋고 그게 전부인 작품이었다. 불만은 없다. 지난 세 번의 개인전은 이렇게 골방에서 열심히 갈고닦은 수련의 결과물이었다. 찾아온 사람들은 좋아했다. 나도 좋았다.

숲속에서만 살았던 것은 아니다. 가끔 하산해서 세상을 둘러보기도 했다. 처음 찾아간 곳은 우리나라의 가장 남쪽에 있는 작은 마을이었다. 지옥이었다. 일제 시대가 지난 줄 알았건만 아직도 식민지가 버젓하게 존재했다. 거기서 세상 모든 부조리를 한꺼번에 체험하다가 체할 뻔했지만 결국 체하지는 않은 채, '이 나쁜 놈들… 쳇!' 하고 소심한 혼잣말만 삭히곤 했다. 체할 뻔했던 순간마다 '뭐시 중헌디?'라며 속으로 자문했고, 결국 내 안위를 택하곤 했다. 언제라도 도망칠 수 있는 나만의 숲속으로 돌아갔다. 다시 아름다운 초록 잎사귀를 보며 도를 닦았다.

지옥은 남쪽 마을에만 있는 게 아니었다. 숲 밖으로 시선을 돌릴 때마다 동서남북 모든 방향에서 지옥이 보였다. 각각의 장소는 다르지만, 지옥은 항상 같은 패턴으로 만들어졌다. 타깃이 정해지면 일단 누구도 볼 수 없게 벽을 세워 고립한다. 벽 안은 곧 식민지로 선포된다. 어떤 일이라도 용납되고 허용된다. 공인된 폭력. 심지어 살인까지도. 때문에 그들은 필사적으로 벽을 세운다. 벽을 세우는 것은 공권력만이 아니다. "보상금 더 타려고 떼쓰는 거 아녀?"라고 혀를 끌끌 차며 말하는 이들의 아둔한 조롱도 저 굳건한 벽의 지분을 차지한다. 누군가 같은 달력을 쓴다고 같은 시대를 사는 것은 아니라고 했던가. 직접 찾아가거나 멀리서 망원경으로 보기 전까지 나는 몰랐다. 2016년인데 식민지가 도처에 널려 있다.

이성복 시인이 "잔디밭 잡초 뽑는 여인들이 자기 삶까지 솎아내는 것을, 집 허무는 사내들이 자기 하늘까지 무너뜨리는 것"을 보았노라 진술했다면, 나도 역시 보았다. 벽 안에 고립되거나 거리로 쫓겨난 사람들을, 기꺼이 벽 안으로 들어가 억울한 이들의 손을 잡아 주는 사람들을, 심지어 그곳으로 이주하여 자신의 삶으로 받아들이는 사람들을. 나는

다 큰 어른들이 그렇게 길가에서 한꺼번에 우는 모습을 처음 보았다. 결국 사람들은 쫓겨났고 세상은 아무 일도 없다는 듯이 매끈해지고 있었다. "모두 병들었는데 아무도 아프지 않았다."

군중 속에 휩싸여 투쟁이나 시위를 흉내 냈지만, 현장에서 나는 어딘가 어색한 사람이었다. 바람이 세차게 불거나, 조금 춥거나, 배고플 때면 신속하게 안온한 내 공간으로 돌아와 따뜻한 밥을 차려 먹었다. 홍대 앞 칼국수 가게 '두리반'이 젠트리피케이션으로 철거될 위기에 처하자 소설가였던 주인장이 글쓰기로 투쟁을 시작했던 일화가 떠올랐다. 그래 소설가는 소설가의 방식으로, 나는 나의 방식으로. 그동안 내가 보았던 사회의 이면들을 한데 모아 애도하는 영상을 만들었다. 그런데 애도란 무엇인가? 당하는 주체와 바라보는 대상을 분리했을 때에만 성립하는 무책임한 단어가 아닌가? 그래서 '자기만족일 뿐인 이 전시가 무슨 의미?'라고 물으면 할 말 없다. 나도 모르겠다. 다만 단 한 사람의 마음에라도 미세한 파동을 일으킬 수 있다면 좋겠다. 강정마을, 밀양, 세월호, 옥바라지 골목, 용산 등의 단어를 한 번이라도 떠올릴 수 있다면 좋겠다. 내가 가장 해 보고 싶었고, 즐거워할 수 있는 방식을 통해서.

봉준호와
조성진,

그리고 나

턱시도 입은 피아니스트라고 해서 점잖게 입장하리라고 생각한다면 오산. '그'는 일단 피아노를 향해 달린다. 높이뛰기 하듯 피아노 의자 위로 뛰어오른다. 그리고? 건반 위에 발로(!) 착지한다. 건반이 비명을 지른다. 뿐만 아니다. 하얀 천을 뒤집어쓰고 즉흥 연주를 하거나 24시간 동안 쉬지 않고 릴레이 연주를 하는 등 항상 괴짜 같은 퍼포먼스로 관객을 아연실색하게 만드는 피아니스트다.

　나는 '그냥 피아노 잘 치는 피아니스트' 말고 피아노로 뭔가 실험적인 작업을 하는 아티스트를 찾아 나섰다. 피아니스트 박창수 씨는 그 검색의 결과였다. 그의 행보가 궁금하여 SNS 친구 추가를 했다. 친구 추가했던 사실도 잊어버렸을 즈음 그에게서 메시지가 왔다. 나를 한번 만나고 싶다고. 갑작스러워 당황했지만, 설마 그가 낯선 사람에게도 발바닥으로 착지하지는 않겠지. 추운 겨울 날, 영문도 모른 채 박창수 씨를 만났다.

의외였다. 피아노 앞에서는 무슨 짓이든 다 할 '시끄러운' 아티스트지만, 사석에서는 세련된 정장을 입은 과묵한 중년 신사였다. 그는 내가 쓴 글 한 편과 내 작업 하나를 잘 보았다며 공연을 덜컥 제안했다. 아니 이렇게 갑자기? 그렇지 않아도 이제 내 이름을 건 규모 있는 단독 콘서트를 열망하던 참이었다. '융복합' 예술이니 '다원' 예술이니 심사 주체인 공공기관이 아니면 아무도 안 쓰는 단어를 열심히 적어 가며 각종 공모에 지원했건만, 현실은 추풍낙엽, 받아 주는 곳이 없었다.

낙방이 계속되면서 '인정받지 못한 천재 예술가' 코스프레를 하며 얇은 자존감을 질척질척 위안하던 바로 그 때 일면식도 없는 한 신사가 등장한 것이다. 마치 소설 속에서나 나올 법한 대사('자네에게 거절할 수 없는 제안을 하나 하지')를 들은 듯했다. 격앙된 내 마음을 한번 추스르지 않았다면 나도 당장 테이블 위로 착지해 춤을 췄을 것이다. 그런데 그가 제안한 공연 날짜가 생각했던 시기보다 너무 이른 일정이라 당황했다. 6개월로는 도저히 불가능할 것 같은데, 그렇다고 거절할 수는 없다. 그간의 창작 경험으로 나는 안다. 일단 지른다. 생각은 나중에 한다. 어차피 일은 마감이 알아서 다 한다. 그의 손을 덥석 잡았다. 고맙습니다. 당신이 나의 세 번째 귀인입니다.

인생은 대체로 이렇다 할 사건 없는 일상의 반복이다. 그렇지만 누구나 인생에 세 번은 기회가 찾아온다고들 한다. 나도 있었다. 삶에 지대한 영향을 끼치는 드라마틱한 순간들이 드라마에서만 나오는 것은 아니더라. 대학 시절 옥탑방에서 6개월간 그림을 그렸다. 졸업하자마자 그 그림으로 첫 외부 단체전을 하게 되었다. 떨리는 마음으로 찾아간 전시 오프닝에서 내 눈을 의심할 수밖에 없었다. 빨간 딱지라면 재산이 가압류당하거나 화가의 그림이 팔릴 때, 이렇게 두 경우밖에 없다고 아는데, 내 그림 옆에 빨간 딱지가! 아니, 도대체 누가? 막 졸업한 새내기의 그림을? 꿈일까? 이후 구매자와 만나게 되었다. 갤러리를 운영하던 그분에게 나는 이때다 싶어 철판 깔고 들이대었다. 내 개인전을 열어 달라고. 그리고 꿈처럼 성사되었다. 돌아보면 그 개인전이 내 전시 이력 가운데 영화나 드라마에서 나오는 전형적인 미술 이벤트 풍경(커다란 공간에서 관객들이 와글와글 와인 한 잔씩 들고 돌아다니는 장면)을 유일하게 재현한 전시였다. 그림도 많이 팔렸고 화가로서의 정체성과 자존감을 확고히 갖는 계기가 되었다. 그 구매자이자 갤러리 운영자는 쌈지농부의 천호균 씨다. 내 인생 첫 번째 귀인이다.

두 번째 기회는 제주도에서 찾아왔다. 서른이 가까워질 무렵 매년 놀러 가던 그 마을에서는 다양한 행사가 열렸다. 그해에는 영상 워크숍에 참여했다. 마을 사람들은 정말 아무런 대가 없이 본인들의 시간을 온전히 내주었다. 거기서 그레이스(김성은 감독)를 처음 만났다. 독일에서 영화를 공부한 그레이스는 영상에 대해 아무것도 모르는 우리 수강생들을 열정적으로 가르쳤다. 그때 배운 기술로 강정마을에서 만든 6분짜리 단편 영화 <강정 오이군>이 아티스트로서의 내 활동 경로를 완전히 뒤바꿀 줄은 그때는 몰랐다. 내게 영상을 알려준 그가 내 인생 두 번째 귀인이다.

피아니스트 박창수 씨가 내게 찾아온 인생의 마지막 행운일까? 그럼 이제 세 번을 다 써 버렸단 말인가. 보너스 스테이지가 있으면 좋겠다는 욕심은 일단 뒤로하고, 내가 서야 할 무대가 어떤 곳인지 집에 돌아와 검색해 보았다. 세상에, 한 번 더 놀랄 수밖에 없었다.

놀란 가슴 움켜잡고 잠시 딴 이야기를 하자면, 내게는 술기운과 장난기가 오르면 사람들에게 자주 하는 '거짓말 아닌 거짓말'이 두 개 있다. 첫째, "난 칸 영화제 입성한 감독이야!" 내막을 아는 친구들은 킥킥거린다. 국내 영화제 경력이 조금 쌓이자 해외 진출을 노리던 나는 용감하게도 칸 영화제 홈페이지에 들어가 출품을 했다. 영어 못하는 감독이 해외 영화제에 출품하는 방법은 단하나다. 구글 번역기 돌려서 복붙하기. 구글은 '단편 영화(short film)'를 자꾸 '반바지 영화'라고 번역해 주었지만… 출품 자체에 큰 어려움은 없었다. 예상을 깨고 합격(selected) 메일을 받은 날에 온 가족은 의식을 잃을 정도로 환호했다. 헐, 드디어 나도 봉준호나 박찬욱'급'이 되는 것인가? 그럴 리 없었다. 당연히 착각이었다. 내가 공모한 부문은 극장에서 영화를 상영하는 행사가 아니라, 건물 지하 한구석에서 (거의 아무도 모르게) 열리는 소규모 마켓이었다는 것을 뒤늦게 알게 되었다.

어쨌거나 형식적으로나마 초청 메일이 왔고(비행기 표는 당연히 없었고), 나는 엄마 찬스를 써서 비행기를 타고 칸에 '입성'했다. 당연하게도, 아무도 나에게 관심을 주지 않았지만 내 목적이었던 셀카를 백만 장 찍었다. 행사 스태프들에게 제지당할 때까지 레드 카펫 위를 만끽했다. 50미터 바깥에서 봉준호 감독도 구경했다. 마침 굵직한 기사를 다 쓰고 '자잘한' 기삿거리를 찾고 있던 기자 한 분을 접선하게 되어 단독 인터뷰("광주 출신 미술학도, 세월호와 강정을 가지고 칸을 찾다")를 하는 행운까지 누리게 되었다. 내가 "칸 입성한 감독이야!"라고 말한다면, 확실히 사람들이 아는 '그런 감독'은 아니다. 그래도 문자 그대로 거짓말은 아니다. 멸치도 생선이다.

이제 두 번째 거짓말 아닌 거짓말을 소개할 차례가 왔다. 심호흡을 좀 하고. "나는 말이야, 조성진과 동급이야!" 워워, 사기꾼 취급하지 말고 끝까지 들어 보시라. 아주 거짓말은 아니니까. 박창수 씨가 제안한 무대는 그가 오랜 기간 기획자로서 이끌어 온 <더 하우스 콘서트>였다. 홈페이지에 들어가 보고 깜짝 놀랐다. <더 하우스 콘서트>는 기본적으로 공모 제도가 아니라 운영진의 추천으로 아티스트를 무대에 올리는데, 그 역사가 무려 20여 년이나 되었다. 여기에 초청되어 리사이틀을 치른 아티스트의 목록을 살펴봤다. 제234회 조성진, 제355회 김선욱, 제514회 손열음… 그리고 다가올 제712회는… 두둥, 내 이름이 올라올 예정이다. 주로 정통 클래식계 음악가를 초청하지만, 간혹 실험적인 퍼포먼스를 선보이는 아티스트의 무대도 올렸고, 나는 그 기획의 일환으로 초청된 것이 분명했다.

　미술 전시장이나 극장에서 벌벌 떨며 피아노 공연 몇 번 한 게 전부였던 나는 식은땀을 쏟았다. 여긴 정말 '찐 음악계'가 아닌가. 한 명의 예외 없이 입장료를 내야만 관람할 수 있다는 규칙도 있다. 차원이 다른 심적 압박감이다. 물론 영상과 함께하는 퍼포먼스지만 내 서투른 피아노, 어찌할까? 공연 중 기절하지만 않으면 다행일 텐데. '칸에 입성한 봉준호급' 감독의 피아노니까 사람들이 귀엽게 봐 주지는 않을까? 어찌 됐든 당장 공연이 6개월 앞으로 닥쳤다. <더 하우스 콘서트> 역사상 가장 피아노 못 치는 사람의 연주가 그렇게 예정되었다.

더 나은
사람이

되는 법

문을 열기 전에 생각했다. 인생에서 세 번째 방문이군. 별 마음 없이 엄마 손잡고 갔던 아홉 살, 뜻 모를 열정에 이끌려 제 발로 찾아갔던 스무 살, 그리고 필요에 의해 온 삼십 대 중반인 지금. 15년 만에 피아노 학원을 다니러 왔다. 바이엘 배우던 스무 살 무렵이 생각난다. 악기에 관심 있고(정확히 말하면 관심만 있던), 각자 악기를 처음 배우기 시작한 대학 동아리 친구들과 말도 안 되는 밴드를 결성했다. 이름은 '야매 밴드'. 합주 중에 음이 뒤얽히고, 박자가 밀리거나 껑충 뛰고, 들어와야 할 부분을 까먹고 넋 놓고 있는 사람이 꼭 한 명쯤은 있던 밴드. 모두가 생초보여서 실수가 곧 실력이었고, 우리는 누구에게도 미안해할 필요가 없었다. 그러나 이제는 다르지. 실수하면 식은땀을 각오해야 한다. 앞으로 공연가로서의 정체성을 갖기로 했기 때문에 이제 최소한의 기초라도 장착하고 있어야 관객에게 비웃음은 피할 수 있지 않겠냐는 마음으로 다시 이 문을 두드린다. 똑똑똑.

낯선 악보를 보고 즉석에서 연주할 수 있는 능력을 초견初見이라고 한다. 나는 초견이 형편없다. 악보를 인쇄해 보면대에 올려놓고 건반을 더듬거릴 때 자주 생각한다. 굼벵이도 이보다는 더 빨리 기어가지 않을까? 기본기를 제대로 닦지 않고 연주하고 싶은 곡만 야금야금 쳐왔던 탓이다. 체르니, 소나티네 등 기초를 탄탄히 배워온 사람들이 하루 걸릴 악보라면 내겐 한 달이 필요하다. 영어 능력자가 어떤 문장을 즉석에서 번역할 수 있다면 나는 항공모함 프라모델을 조립하는 기분으로 분열된 자음과 모음을 하나하나 살펴봐야 겨우 문장이 된다.

초견이 좋다는 건 동체 시력이 발달해서 순식간에 악보를 볼 수 있는, 물리적 능력을 의미하는 게 아니다. '하나를 보면 열을 아는' 예언자의 능력을 갖춘 것에 가깝다. 수많은 음악적 레퍼런스를 몸으로 통과하고 나면 곡에서 음이 배치되는 구조를 자연스럽게 파악하게 된다. 이 경지에 이르면 새로운 악보도 그다지 새로울 것이 없다. 쓱 보기만 해도 '아~ 이런 식이구나' 하고 맥락을 그려 낼 수 있는 시선, 그것이 초견을 갖춘 사람의 능력이다. 초견을 '다음 펼쳐질 세상을 감지하는 눈'이라고 정의할 수 있을 텐데, 그것은 악기와 악보 사이에서만 일어나는 일은 아니다.

중학교 동창 기성이는 부동산 초견이 기가 막히게 발달했다. 어느 날 망원역 주변을 걷고 있었는데 길가의 아파트를 쓱 보더니 이렇게 말했다. "이 아파트, 역에서는 이 정도 거리가 있고 주변 상권을 고려했을 때, 어디 보자… 지은 지 16년 정도 된 것도 감안한다면, 대략 8억 5천만 원쯤 하려나?" 옆에서 걷다가 되물었다. "그걸 어떻게 쓱 보고 알 수가 있어? 맞는지 한번 검색해 보자." 확인 결과, "야, 돗자리 깔아라." 결과는 놀랍도록 근사치였다. 기성이는 이런 식으로 낯선 장소에서 부동산 초견으로 여러 번 숫자를 때려 맞췄다. 평소에 부동산 매물과 가격을 밥 먹듯이 들여다본 결과였다.

한 분야에서 오래 생각해 왔던 사람의 초견을 내 의견으로 삼을 때도 있다. 가령 사회에서 이슈가 될 만한 성폭력 사건이 발생해서 기사라도 나면 일단 읽어 본다. 같은 글이라도 나처럼 무지렁이가 읽는 것과 해당 분야의 초견 전문가의 독해는 다를 수밖에 없다. 나는 가해자의 행동과 피해자의 대처에 뿌리 깊게 내포된 사회적, 역사적, 성별 권력 관계를 읽어 내어 현상을 파악하는 전문가의 견해를 자주 참고하여 판단을 내린다.

그럼 내가 가진 초견은 뭐가 있을까 5분 동안 고민하다가 하나도 떠오르질 않아서 포기한다. 가장 오래 몸담은 미술? 사물을 관찰하고 붓질하는 일에 '다음 단계를 예상하는' 초견 능력은 독이다. 오히려 내장된 기억을 지우고 매번 사물을 처음 보는 것처럼 바라봐야 하는 것이 화가의 눈이다. 세잔이 일생 동안 시도했다가 실패한 과제이기도 하다. 초견을 의도적으로 비우고 없애는 것이 미술가의 일이라면, 피아노 앞에서 '초견 없음' 역시 장점으로 작용할 때도 있지 않을까? 곰곰 생각해 보니 있다, 있어! 이제부터 악보 앞에서 쩔쩔매는 사람만이 느낄 수 있는 짜릿한 세계를 소개하겠다.

하나, 좋아하는 곡을 더 오래 사랑할 수 있다. 사랑의 지속 가능성은 농도보다는 빈도의 문제이기도 하다. 나는 최근 7쪽 짜리 대중가요 곡 하나를 무려 6개월 동안 연습한 끝에 겨우 연주할 수 있게 되었다. 한 사람과의 소개팅이라고 가정하면 머리끝부터 발끝까지의 완전한 모습을 만나기 위해 반년을 기다린 것이다. 이 느려터진 기다림의 시간이 결코 나쁘지 않다. 초견 실력이 좋아서 3일 만에 이 곡을 연주할 수 있었다면 어땠을까. 한 곡을 향한 사랑이 이렇게나 오래갔을까? 그렇지 않았을 것이다. 긴 사랑. 초견 느린 사람의 특권이다.

둘, 악보를 보고 '몸 둘 바를 모르겠나이다!'라며 수차례 헛놓이던 손가락이 점차 자리를 찾아갈 때의 그 다이내믹한 변화를 체험할 수 있다. 요약하면 '응? 헛, 엇, 아, 하아… 으! 으앗! 응? 어? 어! 오!!'의 과정이다. 악보 두 마디의 좁은 세계지만 그 안에서 네 시간 만에 더 나은 사람이 될 수 있다. 직장인들이 점심시간 아껴가며 피아노 연습실을 가득 메우는 이유가 여기 있지 않을까. 한 사람이 변화하는 과정을 이보다 더 단기간에 적나라하게 보여 줄 수 없다. 그것도 예술을 매개로. 자존감 없음의 시기를 버티고 있는 사람, 그동안 악기와 담쌓고 살았던 사람이 옆에 있다면 종로 3가에서 우연히 마주쳐 뭘 막 권하는 도인들처럼 나도 대뜸 권하고 싶다. 악기를 연주해 보시라고.

꿈의
피아노

스타인웨이

축구 팬의 꿈이 챔피언스리그 결승전을 직접 관람하는 것
이라면, 등산가의 꿈이 에베레스트 정상에 깃발 한번 꽂
아 보는 것이라면, 컬렉터의 꿈이 빈센트 반 고흐의 그림
하나 소장하는 것이라면, 그렇다면 피아노 좋아하는 사
람의 꿈은 뭘까? 나는 스타인웨이 피아노 한번 만져 보
는 것이 소원이었다. 최상급 단풍나무 숲을 보유하고, 그
숲의 나무로 피아노를 만드는 회사 스타인웨이. 유명 피
아니스트가 연주하면 열에 아홉은 선택하는 스타인웨이.
나 같은 일반 취미생은 여간해선 인생에서 마주칠 일 없
는, 허락되지 않는 꿈의 피아노 스타인웨이. 업라이트가
몇천만 원 정도이며 그랜드는 억 단위를 자랑하는 악기.
그 소리는 도대체 어떨까? 내 평생 만져 볼 일이 있을까?

분명 다르긴 할 텐데⋯. 조율이 심하게 나갔는지도 모르고 무탈하게 연습하는 나 같은 귀 둔한 사람도 스타인웨이 건반 한번 눌러 보면 그 차이를 알 것만 같은데. 음악에도 분명 장비빨이 있을 텐데.

대학 시절 음대 건물에 스타인웨이 피아노가 한 대 있다는 풍문을 들은 적 있었다. 탐정처럼 여기저기 발을 굴려 봤지만 결국 찾는 데 실패했다. 꼭꼭 숨겨 놓았을까? 지들끼리만 치려고? 흥. 20대 마지막 해에 홀로 떠난 유럽여행에서 절호의 찬스가 찾아왔다. 어느 성당에서 개최한 클래식 연주회를 관람한 날이었다. 나이 지긋한 노신사가 연주한 피아노는 스타인웨이였다. 공연이 끝나고 관객들은 흩어졌지만 나는 괜히 기도하는 척을 하며 버텼다. 하느님, 저 피아노 한 번만 허락해 주세요. 이윽고 아무도 남지 않게 되었고 나는 은은한 빛을 받고 있는 피아노를 향해 두꺼운 가방을 멘 채로 다가갔다. 드디어 쳐 보는 것인가⋯ 라면서 손을 들어 건반을 누르려는 순간, 귀신같이 관리자가 나타나 눈썹에 불을 켜고 외쳤다. 노! 노! 겟 아웃 히어. 얍⋯ 쒸리⋯.

이번 <더 하우스 콘서트>에서 단독 공연이 잡혔다는 것은 조성진과 같은 무대에 초청되었다는 영광만을 의

미하지는 않았다. 나의 주된 감격은 그 무대에 스타인웨이 피아노가 있다는 사실이었다. 그것도 풀 사이즈로! 한번 만져 보는 것이 소원이었는데 무려 사람들 앞에서 그 피아노로 공연을 하게 된 것이다. 그러나 스타인웨이와 사전 만남도 없이 공연 당일 어색하게 마주할 수는 없지 않은가. 수개월 남은 시점이었지만 나는 기획자에게 당부했다. 제게 그 피아노를 영접할 시간을 주십시오. 길게 시간을 내어 줄 수는 없지만 불가능하지는 않다는 답변을 들었다. <더 하우스 콘서트>는 일주일에 한 번씩은 열리기 때문에 나는 일부러 다른 피아니스트의 공연을 보러 갔다. 죄송하지만 연주자의 음악이 귀에 들어올 리가 없었다. 단, 앵콜곡이었던 슈만의 <트로이메라이>는 내가 연주할 곡이기도 해서 귀를 쫑긋 세우고 들었다. 내 터치가 강과 약밖에 없는 2진법의 세계라면 역시 프로 피아니스트는 약에서도 강이 느껴질 정도로 풍부한 음색을 선보였다. 이것도 혹시 좋은 피아노이기 때문은 아닐까!

연주회에 이어 진행된 와인 파티가 끝나기만을 구석에 앉아 기다렸다. 이윽고 연주자도 집에 돌아가고 늦은 밤이 되었다. 약속받은 대로 스태프들이 의자를 치우는 등 장내를 정리하는 10분 정도의 짧은 시간이 내게 허락되었다. 피아노에 다가갔다. 의자에 앉는 순간, 감동의 눈물이 흐를 뻔했다. 나를 제지할 사람도 없다. 손을 들어 그간 연습한 곡을 연주했다. 살면서 피아노와 텔레파시가 통한 적이 두 번 있다. 피아노에 대한 온갖 그리움을 품고 있던 훈련소 시절 강당에서 우연히 피아노를 마주쳤던 순간, 끝끝내 스타인웨이와 조우한 지금 이 순간.

스타인웨이 피아노를 처음 연주한 느낌은 그 높은 위엄과는 반대로 포근함이었다. 무거울 거라고 예상했던 건반 무게도 생각보다 가벼워서 부담이 덜했다. 공연 당일을 상상하며 매일 극한 공포에 시달리던 쫄보에게 도착한 텔레파시 메시지는 이러했다. '걱정하지 말고 쫄지도 마! 그냥 들어와!' 그날 스타인웨이에게 위로를 한껏 받고 집으로 돌아왔다. 그리고 서랍 속 수첩을 꺼내 버킷리스트의 한 줄을 펜으로 그었다.

내게
필요한

이변

오전에는 피아노 앞에 앉는다. 모니터로 NBA 라이브 중계를 시청하며 어젯밤 연습한 곡을 점검한다. 농구 경기는 쿼터제라 중간에 세 번이나 쉬고, 또 작전 타임도 많아서 공백이 많다. 설렁설렁 악기 연습하며 시청하기에 좋다. NBA를 본 지 3년째다. 중요하지 않은 경기가 하나도 없다. 매번 스토리가 탄생한다. 특별히 응원하는 팀은 없지만 응원의 원칙은 있다. 항상 약체로 평가되는 팀을 지지한다. 축구에서 전성기 레알 마드리드의 팬이었던 적 없는 것과 마찬가지로, 농구에서도 슈퍼스타가 모여 있는 당시 1위 골든스테이트 워리어스를 응원한 적은 단 한 번도 없다. 어제는 1위 팀이 꼴찌 팀에게 패배했다. 모두의 예상을 뒤엎은 결과였다.

가끔 그런 일도 일어난다. 다시 한 번 쓴다. 가끔은 그런 일도 일어난다. 그것은 '사건'이다. 예측 가능한 것을 사건이라 부르지 않는다. 그것은 권태겠지. 고등학교 시절 문학 선생님이 하신 말씀이 있다. 문학이란 이 세상이 살아 볼 만한 곳인가를 알려주는 도구라고. 같은 의미로 스포츠에도 문학성이 존재한다. 꼴찌 팀이 선두 팀에 거두는 승리는 내일이 궁금하지 않느냐고 묻는 강력한 삶의 메시지다. 그럴 때면 이 세상이 살아 볼 만하다고 느낀다.

며칠 전 만난 친구가 타로점을 봐 줬는데, 내가 '반복의 고통' 속에 있다고 했다. 하루 종일 악기 연습하는 사람의 삶을 이보다 더 정확하게 표현할 수는 없다.

올해의 나는 소망한다. 364일 동안 반복과 권태에 지배당해도 괜찮다. 내게 필요한 것은 사건이다. 꼴찌가 승리하는 단 하루의 이변이다. 그러니까, 지금으로선 도저히 가능할 것 같지 않은 7월 15일 <더 하우스 콘서트> 단독 공연을 성공적으로 마치는 것. 단 하루의 이변, 그거면 충분하다.

드디어 공연 당일이다. 늑장 부리는 바람에 공연장

에 도착하자마자 연주를 시작했다. 피아노 치는 도중에 깨달았다. 공연장은 암전이 안 된 상태였고, 내가 가져올 조명을 깜빡했다는 사실을. 어찌어찌 첫 순서를 마치고 두 번째 곡을 치는데 멘붕이 왔다. 하이라이트로 치닫는 와중에 갑자기 스크린에서 생뚱맞게도 일일 드라마 영상이 흘러나오는 것이 아닌가. 나는 연주를 멈추고 2층 영사실로 뛰어 올라갔다. 영사 기사는 파일이 원래 이런 거라고 했다. 아뿔싸 내가 엉뚱한 파일을 준 것인가… 장내는 어수선해졌고 객석에서 누군가 이참에 가족과 친척 소개를 하라고 했다. 아, 이건 아니야…. 어쩔 수 없이 다음 영상을 상영하고 피아노를 치려는데 지옥은 멈추지 않았다. 영상에 등장하는 배우들 얼굴에 동물 캐릭터가 오버랩되어 나오는 것이 아닌가. 설상가상으로 피아노는 바퀴가 풀려서 무대 저편으로 굴러가고 있었다. 나는 또 2층 영사실로 뛰어가며 계단에서 되뇌었다. 이보다 더 망할 수는 없어….

꿈이었다. 머리가 지끈거렸다.

잘 해내고 싶은 마음뿐이다. 망하지 않아야 한다. 이야기가 필요하다. 요즘 유행하는 에세이 제목처럼 실패

하고 상처받아도 괜찮다며 등을 토닥이는 이야기, '다들 그렇잖아요?'라며 무엇을 대차게 시도했다가 망한 이야기, 안 됐던 경험을 빌려 삶의 소소함을 공유하며 마음의 상처를 치유하려는 이야기 같은 건 다 필요 없다. 그런 이야기들 이제 지겹다. 노력하고 노력해서, 또 운도 따라 줘서 결국에는 누가 봐도 멋지게 목적을 달성하는, 그런 성공적인 서사가 내겐 절실하다. 떠오르는 태양을 배경으로 머리를 휘날리며 달리는 주인공처럼 촌스럽고 상투적인 청춘 영화의 한 장면을 품어 본다.

이변을 바라야 하는 조마조마한 심정으로 대나무 숲에서 고백하고 싶은 것이 있다. 어딜 둘러봐도 모두가 힘든 시대에, 불평등과 고통이 넘치는 세상에, 최근 읽은 소설의 한 구절처럼 '망함조차 없이 이어지는' 총체적 허무의 세계에서, 나 정말 죄인의 심정으로, 오로지 독백으로만 하고 싶은 말이 있다. '나는 내일이 기대돼. 그것도 아주.'

따뜻한
아이스 아메리카노

주시겠어요?

내가 '따뜻한 아이스 아메리카노'를 주문하는 사람이 될 줄은 몰랐다. 단독 공연을 위해 이제껏 연출한 모든 단편 영화를 공연 버전으로 다시 만들었고, 동시에 필요한 곡을 작곡가에게 맡겼다. 나는 음악 작업을 맡겨 본 경험이 전무할뿐더러 음악가의 언어를 잘 모른다. 미팅 때마다 작곡가는 자주 어리둥절해했다.

시각 예술 언어에 익숙한 나는 "이 곡의 텍스처는 좀 잘근잘근 오밀조밀했으면 좋겠어요."라고 개떡같이 요청했다. 그러면 작곡가는 "네…? 그러니까 템포감 있게 박자를 많이 쪼개라는 말이죠?"라며 찰떡같이 이해해 주었다. 한번은 "오토바이가 숲속을 달리는 느낌으로 만들어 주세요."라고 부탁했다. 작곡가가 작업을 해 오자 나는 또 말을 바꿨다. "이건 폭주족 같은 느낌인데 저는 자전거에 가까운 느낌을 원했어요. 그냥 좀 빠른 자전거라고 생각해 주시면 안 될까요? 수정해 주셨으면 좋겠어요." 작곡가는 속으로 얼마나 나를 욕했을까.

여기서 끝이 아니다. 인터넷에 떠도는 글 중에 '디자이너들이 가장 싫어하는 최악의 클라이언트' 내용을 그대로 내가 재현한 것이다. 따뜻한 아이스 아메리카노를 주문하는 식이다. 그러니까, "작곡가님, 이 곡은 슬프고 잔잔하게 만들어 주세요."라고 해서 작곡가가 작업을 해 오면, "죄송하지만 수정해야 할 것 같습니다. 슬프지만 어딘가 희망이 깃들어 있는 그런 곡, 잔잔함 속에서도 은근한 우렁참이 첨가된 그런 곡이어야 합니다."라고 재요청을 하곤 했다. 미팅이 잦아질수록 작곡가는 당황한 기색을 보였다.

하지만 그렇게밖에 표현할 수 없는 가해자의 심리(?)를 이해하게 되었다. 내 요구가 말도 안 된다는 것을 알면서도 내뱉게 된다. 지금 당장 떠오른 이미지는 빨간 파랑, 무더운 북극, 달콤한 소금, 친환경 방사능, 아름다운 이별, 정의로운 국회다. 왜인지 모르겠지만 이처럼 양립할 수 없는 요소가 뒤섞인 오묘한 지점이 필요하다. 다행히 천재적인 감각을 지닌 작곡가의 역량 덕에 내가 원하는 곡을 150프로 이상으로 받아 낼 수 있었다.

베토벤이나 쇼팽 등 기존의 훌륭한 클래식 곡을 연주하는 기분도 좋다. 몇백 년에 걸쳐 검증되고 살아남은 아주 훌륭한 문화 유전자 그 자체이기 때문이다. 그러나 공연가로서 클래식 곡과 새로 창작된 곡을 연주하는 마음에 결정적인 차이가 있다. 역시 나만을 위해서 작곡된 곡을 연주할 때 내가 더 특별해지는 느낌을 받는다. 특히 나는 다음과 같은 이유로 후자 쪽을 더 선호하는 편이다. 연주 중 틀려도 여간해서는 아무도 모른다!

피아니스트의

집

피아니스트의 집으로 가면서도 고민은 이어졌다. 내가 여길 진짜 가도 될까. 전문가에게 레슨을 받아 보라는 공연 기획자의 강력한 추천을 거절할 수 없었다. 마지못한 마음을 품은 건 그 피아니스트가 마음에 들지 않아서가 아니다. 레슨이 싫어서도 아니다. 내 실력에 비하면 너무 과분한 자리라 부담만 가득했기 때문이다. 성인 취미 피아노 학원에서 나를 가르치는 선생님들도 내게는 충분히 전문가라 평생을 배워도 반의반도 못 깨우칠 지경이다.

　그런데 현재 찾아가고 있는 사람은 나를 가르치는 선생님의 선생님급, 대학교수님, 현직 피아니스트가 아닌가. 마치 봉준호를 찾아가서 카메라 전원 켜는 법을 배우는 꼴이고, 마라톤 국가대표 선수에게 찾아가 신발 끈

묶는 법을 배우는 꼴이랄까? 아니, 나는 신발에 발을 넣는 법도 모르잖아? 아니지, 걷는 법조차 제대로 알기나 할까. 으으. 악보를 집어 던지거나 불안한 침묵이 이어지면 어떡해야 할까. 걱정의 이유는 각종 대중 매체를 통해 본 광경 때문이다. 영화나 소설을 보면 음악 쪽은 아직도 전통적인 도제 시스템이 남아 있고, 제자에게 포효하는 호랑이 선생이 자주 등장한다. 집어삼킬 듯한 눈빛과 욕설로 학생을 기죽였던 영화 <위플래쉬>의 민머리 선생, 드라마 <베토벤 바이러스>에서 폭언을 서슴지 않던 지휘자 김명민의 대사가 떠올랐다. 똥.덩.어.리…. 피아노 학원 선생님들의 증언도 두려움에 한몫을 했다. 대학 시절 교수님에게 받는 레슨은 살벌함 그 자체였다고….

아니지 아니지, 생각해 보면 깜냥이 되고 싹수가 있는 유망주에게나 실망 섞인 분노를 표출할 테지. 나 같은 피아노 생초보 《체르니 100》 수준 길거리 행인 아저씨에게는 해당하지 않을 상황이다. 그냥 그분의 실소 몇 번 듣고 궁둥이 팡팡 두드림 받으며 '참 잘했어요' 도장 하나 받고 나오는 기분으로. 그래, 그런 가벼운 마음으로!

역시나 기우였다. 피아니스트는 밝게 웃으며 환대해 주었고 레슨 때도 그 분위기는 이어졌다. 영화나 드라마에서 직업을 묘사하는 상상력이 얼마나 스테레오 타입 덩어리인지 다시금 깨달았다. 그것이 정말 세상의 실체라면 음악 선생은 모두 미치광이 폭군이고, 화가는 하나같이 궁핍에 찌들어 말도 안 되는 예술혼을 발산하는 사람이며, '가진 것은 없지만 긍정적이고 명랑한 서민 청년'은 빠짐없이 뷰가 끝내주는 옥탑방에 기거하며 평상에 누워 별을 보아야 하지 않겠는가.

그러나 놀란 점은 있었다. 피아니스트의 집은 복층 구조였고, 올라가 보니 그랜드 피아노가 무려 두 대나 있었다. 게다가 하나는 가와이, 또 하나는 스타인웨이! 피아니스트는 다 이렇게 스타인웨이 피아노 하나쯤은 집에 장만하고 있는 것일까. 태어나서 책 정도를 제외하면 한 번도 특정 물건을 수집하거나 큰돈을 주고 뭘 구매한 적 없는 내게도 인생 목표가 생겼다. 돈을 많이 번다면 이번 생에 스타인웨이 그랜드 피아노 하나 꼭 사고 죽었으면 좋겠다. 아무튼 넋 놓고 감탄하고 있을 수만은 없었다. 악보를 펼치고 의자에 앉았다.

공연을 위해 4개월 동안 연습 중이었던, 흉내만 내도 좋겠다던, 라흐마니노프의 <프렐류드 C# minor> 악보를 펼쳤다. '이 정도면 칠 만한데?'라는 생각으로 선택한 곡은 절대 아니었다. 단지 공황장애 경험을 바탕으로 만든 <덩어리>라는 영화에 연주하면 어울릴 것 같아서 호기롭게 도전한 것이다. 라흐마니노프답게 악령을 불러 일으키고 듣는 이를 지옥문 앞으로 데려갈 법한 인트로, '쾅! 쾅!! 쾅!!!'을 연주했다. 예상치 못하게 복잡하고 어려운 부분보다 바로 이 인트로 몇 마디에서 가장 긴 레슨을 받았다. 피아니스트는 이 부분을 손끝이 건반으로 향하는 각도와 타이밍, 그리고 누르는 힘과 뉘앙스를 달리한 A, B, C로 구분해 들려주며 설명해 주셨다. 죄송한 일이지만 피아노 조율이 멋대로 틀어져도 전혀 알아채지 못하고 즐겁게 연주할 청력을 소유한 나로서는 그 섬세한 차이를 100프로 알아채지 못했다. 이게 저거 같았고, 저게 이거 같았다. 알 것도 같았다가 다시 모르는 자리로 돌아왔다. 확신은 없었고 고개만 갸웃거리다가 끄덕일 뿐이었다.

이날 레슨이 내게 아무것도 남기지 않은 것은 아니다. 첫째로, 필드에서 활동하는 피아니스트의 연주 시범을 바로 옆에서 들을 수 있었다. 라흐마니노프뿐 아니라 드뷔시의 <달빛> 초반부를 레슨을 핑계 삼아 계속 연주해 달라고 졸랐고, 그 황홀의 시간을 여러 번 누렸다. 또 클래식 피아노를 오랜 기간 수련한 사람은 건반 하나를 대하는 해상도가 확실히 남다르다는 것을 어렴풋이 느꼈다. 여러 우물을 파서 이것 찔끔 저것 찔끔 맛보는 나 같은 잡상인은 감히 도달하지 못할 장인의 깊이를 엿보았다.

직접 보여 주는 것보다 더 좋은 가르침은 없다. 고수의 플레이를 직접 옆에서 감상하는 것이 최고의 배움이라고 생각한다. 세세한 디테일이나 스킬은 지식이 없어서 잘 모르겠다. 어쨌든 '끝내주는 연주였다'라는 잔상, 분위기, 이미지가 내 무의식에 각인되었을 테니, 모르긴 몰라도 내 실력도 몇 그램 더 발전하지 않았을까? 적어도 피아니스트 바로 옆에서 연주를 해 봤다는 것 자체로 값진 경험이었다.

집으로 돌아오는 길에 문득 홍콩 무협 영화가 떠올랐다. 뜻을 세우고, 결전의 날을 위해 매일 반복 수련을 하고, 거리에서 일면식 없던 행인에게 가야 할 길을 안내받으며, 한 번쯤은 무림의 고수를 찾아가 배움을 청하기도 하는 주인공이 바로 내가 아닌가. 결전의 날이 정말 얼마 남지 않았다. 꼭 해피엔딩이어야 한다. 기를 모아 주문을 외워 본다. 아수라발발타!

무대 공포증에
대처하는

자세

무섭다. 내가 좋아서 택한 일이지만 어쨌든 무대는 8할이 공포. 휴대폰으로 녹화 버튼 누르고 악기를 연주해 본 사람은 체험했을 것이다. 렌즈라는 눈 하나만 추가해도 평소에 연습한 모든 것이 일순간 휘발되는 마법 같은 순간을. 더 떨리는 일은 라이브 방송이다. 라이브 연주는 노빠꾸다. 틀리면 되돌릴 수 없다. 단 한 번의 기회만 있을 뿐이고 사람들은 실시간으로 나를 지켜보고 있다. 미칠 노릇이다. 이보다 더 몸서리치는 것은 실제 관객을 맞이하는 오프라인 연주다. 수없이 연습한 곡이지만 건반 위에 손을 올렸을 때 손의 떨림이 내 육안으로 확인될 정도다. 나는 수천 번 두었던 게임을 복기하지 못하는 바둑 기사가 된다. 지난밤 집으로 들어온 과정을 모두 까먹은 취객이 된다. 기억은 없고 숙취만 남는다. 연주를 어떻게 시작했고 끝냈는지 도무지 기억나지 않는다.

여태껏 나열한 예시와는 차원이 다른 떨림, 생각만 해도 오금이 저려 오는 무대가 바로 내일로 다가왔다. 내 이름을 걸고 개최하는 독주회 형식의 공연에 유료 관객을 받아 연주해야 한다. 매일 상상했던 일이지만 막상 하루 앞으로 다가오니 파르르 떨리는 마음 금할 길 없다. 다른 사람들은 어떻게 대처했을까? 어떤 장르든 공연을 직업으로 삼은 사람을 사석에서 만나면 초면이라도 바짓가랑이를 잡고 여쭈었다. 나 어떡하면 좋아요? 당신은 어떻게 했어요?

연극인 A씨는 1인극을 준비하고 발표했던 과정을 떠올리며 무대 공포에 관해 이야기해 주었다. "아무리 완벽한 준비를 한다고 해도 무슨 일이 일어날지 모르는 것이 무대입니다. 가령 내 역할을 완벽하게 수행했다고 하더라도 결정적인 순간에 조명 감독이 실수를 하거나, 음향 감독이 틀어야 할 타이밍에 음악을 틀지 않는다면 멘탈이 붕괴되지요. '잠깐만요. 관객님들, 죄송하지만 다시 하겠습니다.'라고 말하지 못하는 것이 무대입니다. 대사를 까먹었다면 아무 말이라도 내뱉어야 합니다. 어떤 상황이라도 떠안으며 결국 러닝 타임의 끝까지 이끌고 가야 하는 것이 공연가의 숙명이거든요. 그런 순간까지 대처할 여유와 요령이 생겼을 때 무대 공포가 어느 정도 사라졌던 거 같아요. 물론 긴긴 시간이 걸렸죠."

다행히 나는 그간의 공연에서 운 좋게도 대형 사고는 없었다. 다만 통계는 과거일 뿐 미래를 보장하지 못한다는 점이 영원히 두려운 사실이다. A의 말처럼 울렁증을 극복하기 위해서 시간과 경험이 필요하고, 돌발 상황에 유연하게 대처해야 한다는 조언은 나도 (이론적으로는) 모르는 바 아니었다. 그러나 지극히 당연한 일반론이라도 발화자의 위치에 따라 다르게 체감된다. 그 시간을 직접 겪어 온 사람이 내 앞에 있고, 내게 무슨 말이라도 해 주고 있는 사실 자체가 중요했다. 그의 과거와 지금의 나를 동일시하며 위안을 받았다.

영화배우이자 무용수인 B씨는 변신술에 관해 일러 주었다. "저는 무대에서 별로 떨지 않는 편이에요. 원래 그렇게 태어나서가 아니라 일종의 변신이라 생각합니다. 무대에 오르는 순간 '내'가 아니라고 생각하려고 해요. 나의 이름 석 자와 정체성을 모조리 지워요. 됩니다. 나는 내가 아니다. 나는 다른 완전히 사람이다. 그러면 모르는 사람들 앞에서도 뻔뻔하고 태연스레 춤을 출 수 있더라고요. 악기 연주도 일종의 연기나 다름없잖아요."

정확한 지적이었다.

임동혁 피아니스트를 비롯해 많은 악기 연주자들의 공연 실황 영상을 보면 느낄 수 있다. 완전히 다른 세계로 빠져들어 변신에 성공한 사람만이 지을 수 있는 그 깊은 표정에 주목한다. 평소 그 사람의 표정과는 완전히 다를 것이다. 내 경우는 공연할 때 '표정 없음' 상태가 된다. 공연이 끝나고 사람들에게 "저 엄청 떨었어요!"라고 말하면 대부분 믿지 않는다. 촬영된 영상을 봐도 무대에서 나는 너무나 태연한 표정이라 낯설 지경이다. 관객 앞에서 입과 눈을 바들바들 떠는 것보다야 낫지만 내 '표정 없음' 상태는 '영혼 없음'과 다르지 않다는 것이 문제다. 너무 떨린 나머지 연주 중에 혼이 육신을 자주 떠난다. 나는 뭘 하는지도 모른 채 뭘 하고 있고, 그래서 다가올 악보를 까먹을까 봐 두려움이 더 증폭되는 악순환을 겪고 있다. 나는 언제쯤 관객 앞에서 무언가에 빠져든 사람만의 뻔뻔한 표정을 지을 수 있을까?

실수에 대한 공포가 내면을 지배할 때면 스스로를 꾸짖으며 자문해 본다. 나는 왜 공연을 하는가? 고작 틀리지 않고 실수하지 않기 위해서? 그건 좀 아닌 것 같다. 연주 너머의 메시지와 감정이 공연의 본질이라는 점을 다시 마음에 새긴다. 어떤 면에서 피아노는 도구일 뿐이다.

레슨을 받기 위해 찾아간 피아니스트에게는 이 질문을 했다. 무대에 입장하여 의자에 앉고, 첫 음을 누르기 직전의 짧지만 고요한 침묵의 시간, 관객도 긴장하지 않을 수 없는 그 시간에 피아니스트는 도대체 무슨 생각을 하느냐고. "조용히 눈을 감고 내가 누를 첫 음을 머릿속으로 미리 상상해요."

결정론적 우주관을 믿는 사람들은 과거, 현재, 미래가 이미 정해져 있다고들 한다. 우주의 탄생부터 종말까지 이미 짜여 있는데, 낮은 차원에 사는 우리는 마치 시간이 '흐르는 것 같은' 착시를 느끼는 것이라고. 더 높은 차원이 있다면 아마 영상 편집 프로그램의 타임라인처럼 시간이 공간처럼 한꺼번에 보일 것이다. 그러나 신의 위치에서 감각할 수 없는 인간이 미래를 예지하는 유일한 방법은 상상뿐이다. 성공적인 연주를 해내는 나의 미래가 이미 정해져 있다고 우겨 보자. 그 미래에서는 필히 첫 음부터 성공할 것이다. 피아노 앞에 앉아서 눈을 감는다. 미래를 그려 본다. 난 무조건 잘 해낼 거야.

그렇게 정해져 있어!

"잘할 거예요!" 기타리스트 데자뷰는 내게 기운을 듬뿍 넣어 주는 사람이다. 뮤지션으로서 산전수전 공중전 다 겪은 그는, 이미 나와도 몇 차례 공연을 함께했다. 이번 공연에도 마지막 순서에 그와 협연을 한다. 언제나 여유를 잃지 않는 너털웃음에서 고수의 기운이 느껴진다. 든든한 지원군이다. 마침 공연 며칠 전 그의 기타 독주회가 있어서 다녀왔다. 능수능란하게 연주를 해내는 모습이 대부분이었지만, 그도 인간이었고, 실수한 뒤 당황하는 모습을 보이기도 했다. 바로 그 장면에서 큰 용기와 위로를 얻었다. '와, 이 정도 경지의 고수도 실수를 하긴 하는구나! 그리고 그의 실수가 그의 음악을 감상하는 데 아무런 방해도 되지 않는구나!'

틀리면 감점당하는 입시 실기나 콩쿠르 대회가 아닌데, 나는 왜 다가올 실수에 대해 필요 이상의 강박을 가졌을까? 사람들의 조언을 가슴속에 새기면서 심리적으로 차분해졌다가도 얼마 안 가 다시 마음이 요동친다. 자기 격려와 불안의 롤러코스터를 몇 차례나 돌고 있다. 공연 날짜가 확정되고 나서부터 지난 6개월을 떠올려 본다. 최소한 내가 할 수 있는 것은 다 했다. 주어진 조건에서 이보다 더 연습할 수 없을 정도로 연습했다. 공연 당일에 연주를 망치거나 까먹는 최악의 사태가 벌어지더라도, '아 연습을 더 할 걸 그랬어!'라는 후회는 안 할 자신이 있다. 성공과 실패 여부는 이미 내 의지를 떠난 상태다. 이제 순전히 운에 맡기는 수밖에 없다.

오재형의

비디오
리사이틀

대망의 공연 당일이다. 지난밤 당연히 못 잤다. 밤을 새
우고 얼얼한 눈빛으로 아침 일곱 시에 사우나에 갔다. 온
탕에 좀비처럼 앉아 있다가 냉탕을 흘깃 쳐다봤다. 저길
들어가면 정신이 맑아지겠지? 고민 끝에 하체를 밀어 넣
었다. 차갑고 찌릿하다. 올라오는 한기를 참으며 겨우 버
티고 섰다. 냉탕에서 쉽사리 상체를 물속에 맡기지 못하
는 사람에게는 두 가지 유형이 있다. 제자리에서 발을 동
동 구르는 스카이콩콩형과, 역시 제자리에서 360도로 계
속 회전하는 회전목마형. 내가 회전목마라면 냉탕 저 끝
에 있는 아저씨는 스카이콩콩이었다. 언제부터 뛰고 계
셨을까. 물 아래로 들어갈 용기를 얻기 위해 몸의 열기를
최대치로 내뿜어 보자는 저 마음, 내가 잘 알지. 아저씨

는 계속 뛰었고 나는 계속 돌았다. 우리는 언제 물 아래로 힘차게 솟구쳐 내려갈 수 있을까. 아저씨가 내려가면 나도 내려갑니다. 아저씨도 같은 마음이었는지 우리는 서로 눈치만 보고 있었다. 그 와중에 나는 인생에서 가장 중요한 오늘 같은 날에 재수 없게도 심장 마비에 걸릴 일말의 가능성이 걱정되었다.

갑자기 배불뚝이 아저씨가 등장하더니 한쪽 발을 담그기가 무섭게 물 아래로 사라졌다. 피부 세포가 마비되어서 아무 감각도 느끼지 못하는 사람으로 의심될 정도로 한 치의 망설임이 없었다. 단 몇 초 만에 목적을 달성한 배불뚝이 아저씨는 물개처럼 표면 위로 뛰어올라 냉탕 밖으로 퇴장했다. 뒤이어 갈비뼈 앙상한 백발노인이 냉탕을 향해 걸어왔다. 속으로 염려했다. 할아버지 여기 엄청 추워요. 아마 뼈 시릴 텐데요. 무색하게도 백발노인은 입수와 함께 표면 아래로 사라졌다. 심지어 심해 깊숙한 곳에서 팔굽혀펴기를 하는 것이 아닌가. 그리고 역시 신선처럼 뛰어올라 퇴장했다.

스카이콩콩 아저씨는 세수를 힘차게 몇 번 하는가 싶더니 결국 기권하고 나가 버렸다. 홀로 덩그러니 남겨진 냉탕에서 나도 전의를 상실했고 백기를 들고 말았다. 왜 어떤 사람에게는 쉬운 일이 누군가에게는 몇 번을 결심해도 어려운 것일까? 오늘 공연, 과연 잘 해낼 수 있을까? 수건으로 물을 닦은 뒤 무의식적으로 거울 앞에 있는 것을 손에 탁! 탁! 털어서 얼굴에 촤아악! 아우씨, 누가 스킨에다가 소주를 부어 놨어! 정신이 번쩍 들었다.

마련해 둔 검정 블라우스 셔츠를 입고 준비물을 챙겨 공연장으로 향했다. 예술가의 집 건물 입구의 입간판에 내 이름이 보였다. <오재형의 비디오 리사이틀>. 와, 진짜구나. 새삼 실감이 난다. 영상과 협연하는 내 공연의 특성상 다른 피아니스트에 비해 리허설이 굉장히 바쁜 편이다. <더 하우스 콘서트> 스태프와 인사를 짧게 나누자마자 일을 시작했다. 먼저 노트북과 빔을 연결해서 영상이 잘 나오는지 테스트한다. 또 영상에 내재된 사운드가 잘 들리는지 음향을 체크한다. 장소마다 장비 컨디션이 미세하게 다르게 때문에 이 과정이 매끄럽게 진행된 적은 단 한 번도 없었고 역시 오늘도 예외는 아니다. 비디오·오디오 오퍼레이터 역할로 나를 도와줄 친구와 우여곡절 끝에 세팅을 맞추었다. 공연 실황 기록을 위해 가져온 카메라와 삼각대를 적당한 장소에 설치하고 앵글을 잡았다. 하나로는 부족해서 날 촬영해 줄 친구 몇을 더 섭외했다. 다들 촬영 경험이 많은 전문가이고, 아 하면 아 하고, 어 하면 어 할 수 있는 사이지만 최소한의 역할 분배에 관한 회의를 짧게 나누었다. 피아노 위치를 조정하고 따로 챙겨 온 조명을 세팅하고 나니, 건반을 눌러 보기도 전에 진이 빠지고 땀에 찌든 상태다. 신경 써서 웨이브 만들어 가며 드라이한 헤어스타일은 벌써 축 처졌고 얼굴엔 개기름이 번들거리지만 어쩔 수 없다. 각 영상에 맞춰 피아노를 한 번씩 만져 보고, 기타리스트 데자뷰와 마지막 곡 합을 맞춰 본다. 다행히 큰 사고 없이 리허설이 마무리되었다. 이처럼 공연장 스케일이 소규모라고 해도 무대에 드러나지 않는 많은 사람의 도움 없이는 진행이 불가능하다. 이제 관객들이 입장하는 동안 대기실에 앉아 벌벌 떠는 일만이 남았다. 연극배우와 무용수, 기타리스트와 피아니스트의 주옥 같은 조언들은 전혀 떠오르지 않았다. 공연 직전의 대기실, 외딴 섬에 홀로 내버려진 느낌이었다.

기획자의 소개에 따라 공연장에 입장했다. 빼곡하게 앉은 관객을 가로질러 피아노 의자에 앉았다. 눈을 감았다. 정적이 흐른다. 오퍼레이터에게 준비가 됐다는 사인을 하자 영상이 흘러나온다. 건반 위로 손을 올린다. 이 첫 음을 누르기 위해 얼마나 오랜 준비를 해 왔던가. 신작 소설을 낸 어떤 소설가에게 "집필에 얼마나 오랜 시간이 걸렸나요?"라고 묻자, "평생 걸렸습니다."라고 답했던 일화가 떠오른다. 명쾌한 답이다. 한 작가에게 작품이 탄생하기까지는 언제나 평생이 필요한 일이다. 나도 이번 단독 공연을 위해 표면적으로 준비한 기간은 6개월이지만 화가로서, 영화감독으로서, 연주자로서의 자아 중 하나라도 없었다면 불가능한 공연이었다. 이 모두를 합친 무대를 위해 평생의 작업 기간이 필요했고, 서른다섯이 되어서야 비로소 준비가 된 것이다. 객석에는 그림, 영화, 피아노를 접하며 만났던 인연들이 모두 섞여 앉아 있다. 관객의 성분만 보더라도 내 인생의 행로를 증명해 주고 있었다.

첫 번째 순서 <강정 오이군>은 중간에 위기가 한 번 있었지만 무탈하게 넘어갔다. 다행히 관객 분위기도 상당히 좋았다. 웃어야 할 타이밍에 웃어 주는 관객들은 언제나 사랑스럽다. 두 번째 <덩어리>는 테크닉적으로 가장 어려운 곡이어서 특히 연습을 많이 기울인 작품이라 더 긴장되었다. 심호흡을 하고 연주를 이어 나갔다. 라흐마니노프의 <프렐류드 C# minor>와 베토벤의

<월광 소나타 1번>, 그리고 미국 무성 영화 시절에 작곡된 래그타임(ragtime) 장르의 곡을 섞어서 장장 13분 동안 연주해야 한다. 정신없이 연주하는 사이 무사히 8부 능선을 넘었다. 가슴을 쓸어내렸다. 후… 다행이야. 이런 생각이 들 때가 가장 위험하다. 이제 마지막 크레딧 올라오는 장면에서 간단한 곡을 치기만 하면 끝이다.

그런데 연습 중에 한 번도 실수가 없던 부분에서 오작동이 일어났다. 도약한 오른손 손가락이 정말 엉뚱한 부분으로 착지해 버린 것이다. 얼마간 복원력을 기대하며 손가락을 이리저리 옮겨 보았지만 한번 깨진 리듬은 회복되지 않았다. 블랙아웃. 초유의 사태가 벌어졌다. 사고는 언제나 전혀 예상치 못한 지점에서 발생한다. 실전이란 이런 것이다. 영상은 흘러가고, 나는 길을 잃었다. 가만히 있을 수는 없다. 뭐라도 눌러야 한다. 그래서 아무 음이나 마구 눌렀다. 마치 실험적인 현대 음악에서나 나올 법한 조성이 파괴된 불협화음들이 내 손에서 마구 나오고 있었다. 세 살 조카가 피아노를 치면 이런 소리가 나오던데. 크레딧이 올라가는 그 15초가량이 내게는 초고속 카메라로 촬영된 장면과 같이 영원처럼 흘렀다. 마지막 영상 컷에 맞춰서 역시 아무 음을 누르고 끝냈다.

재밌는 것은, 나중에 물어보니 내게는 대형 사고였던 그 순간을 알아챈 사람이 별로 없었다는 것이다. <덩어리>라는 작품이 공황장애 경험을 바탕으로 만든 내용이고 실험 영화 성격이 강했기 때문에 내 실수조차 의도된 작품의 일부로 관객은 여긴 듯했다. 나는 놀란 가슴을 움켜쥐고서, 상처를 숨기고 상대와 싸우는 격투기 선수처럼 태연하게 마이크를 들고 말했다. "마지막 연주는 공황장애라는 질병의 음악적 표현이었습니다." 뒤늦은 알아챔에 관객은 웃음으로 화답해 주었다.

농담으로 여유를 부렸지만 연주가 계속될수록 한번 흔들린 멘탈은 점점 나를 공포로 몰아넣었다. 매번 다음 눌러야 할 건반에 확신이 없었고 말 그대로 살얼음판을 걷는 느낌, 불구덩이 위의 외줄을 타는 느낌이었다. 이어 가는 것 자체가 신기했다. 다행히 이후에는 큰 사고 없이 일곱 개의 남은 순서를 나름 무사히 마쳤다. 막대한 부담과 공포 속에서도 결국 내가 준비한, 하고 싶은 것을 다 했다. 마지막 음을 누르자 뭔가를 이뤘다는 생각이 들었다. 정말이지 이 순간은 죽을 때까지 기억날 거 같다. 팔짱 낀 무심한 관객이 아니라 나를 적극적으로 응원하고 지지해 주는 사람들의 따뜻한 눈빛이 가득

했던 그 환대의 공간을 잊지 못할 것이다. 공연 후 관객들의 사인과 사진 요청, 선물 세례에 몸 둘 바를 몰랐다. 연예인이 되면 매일 이런 기분일까. 태어나서 피아노 공연은 처음 와 봤다던 친구와 집 근처에서 소주를 기울이며 소소한 뒤풀이를 했다.

공연 당일만큼이나 생생하고 소중한 기억이 있다. 홀로 공연을 준비하며 매일 피아노 연습실로 출퇴근했던 길이다. 퇴근하는 직장인들에 섞여 어둑해진 도시를 걸으며 생각했다. 불가능해 보이던 미션을 하나씩 채워 나가고, 단 하루의 미래를 상상하며 뭔가를 만드는 짓이 정말 행복하더라. 석양의 노란빛이 건반을 물들이는 8번 방 피아노 앞에서 버벅거리는 손가락이 제자리를 찾아가며 손에서 마침내 '음악'이 흐른다고 생각할 때마다 자주 희열을 느꼈다. 인생에서 행복과 불행의 총량이 결국 평균으로 수렴된다면, 곧 다가올 불행이 걱정될 만큼 과분한 행복을 느꼈던 한 해였다.

여기까지 피아노와 나의 역사를 구구절절 써 보았다. 읽어 주셔서 감사하다. 그러나 본 공연이 끝나면 커튼콜의 세계가 펼쳐지기 마련이다. 이 글을 읽는 독자들이 박수 세례를 하고 있으리라 뻔뻔하게 상상한 뒤, 다시 무대로 걸어 들어와 못 다한 이야기를 한 보따리 더 풀어 보려고 한다.

<더 하우스 콘서트: 오재형의 비디오 리사이틀>
공연 실황 바로가기

Part 2

피아노를 치며 생각한 것들

다시,

계란을
쥐듯이

세상에서 나만 주인공이던 시기가 지나고 다시 평범한 일상이 돌아왔다. 어떤 일에 온 에너지를 쏟아부은 후에 반드시 거쳐야 할 마음의 손님을 나는 그간의 경험으로 예상할 수 있다. 행복한 기억과는 별개로 당분간 펼쳐질 무기력의 세계, 번아웃 증후군. 공연이 끝나자 내면에서 번아웃 대책위가 구성되었고, 기회가 닿는 대로 친구들과 먼 곳으로 여행을 떠났지만, 소용없었다. 떠들썩한 분위기는 그때뿐, 혼자가 되었을 때 유예된 감정은 반드시 돌아온다.

한동안 쉬었던 피아노 학원에 다시 레슨을 잡았다. 그리하여 공연 후 첫 레슨에서 내가 배운 것은 '계란을 쥐듯이'였다. 평소 부족하다고 생각했던 부분을 기초부터 다시 알려 달라고 요청했기 때문이다. 계란을 쥐는 듯한 손가락 각도로 건반을 눌러야 최적의 소리가 난다는 선생님의 가르침대로 열심히 손 모양을 잡다가, 갑자기 웃음이 터져 버렸다. 왜 웃느냐는 선생님의 질문에 답했다.

"아니 이 상황이 되게 웃기잖아요. 건반을 어떤 자세로 누르는지도 제대로 모르는 사람이 피아노 독주회를 했으니까요. 관객들이 이 장면을 훔쳐본다고 생각했어요. 방금."

레슨을 마치고 옆방으로 옮겨 배운 것들을 반복해서 연습했다. 서늘해진 밤공기를 맞으며 집에 돌아가며 생각했다. 뭘 배운다는 것은 참으로 신기하지. 생기 잃은 허탈한 날들에 다시 활력이 생긴다.

벽
너머의

피아니스트

내가 다니는 곳은 분명 성인 '취미' 피아노 학원이다. 나는 좁은 칸막이 방에서 악보를 향해 수십 번 눈알을 굴린 끝에 잘못된 건반을 터치하는 일을 주로 하는 편이다. 여섯 시가 넘으면 퇴근한 직장인들이 하나둘 방을 채운다. 겨우 몇 마디를 외워서 의기양양하게 뚱땅거리고 있으면 갑자기 옆방에서 폭풍이 불어온다. 동시에 여러 개가 몰려올 때도 많다. 나 같은 쭈구리는 그 휘몰아치는 바람 물살에 겨우 눈을 뜬다. 손을 뻗어 문고리를 붙잡고 휘날리는 외투를 간신히 여미며 나는 생각한다. 저게 '취미'라고? 진짜?

아니 옆방의 라흐마니노프님, 어릴 때부터 엘리트 코스를 밟았으나 도박으로 집안을 말아잡순 아버지 덕에 눈물을 머금고 악기를 포기해야만 했던 긴긴 사연이 있나요? 뒷방의 베토벤님, 해외 콩쿠르에 참가했지만 불의의 사고로 일찍이 프로의 길을 접어야만 했던 안타까운 과거가 있나요? 아니 참새들 걸음마 하는 곳에서 이러시면… 저 같은 송충이는 건반 위에서 어찌 기어 다닌단 말입니까. 그러고 보니 영화 <보헤미안 랩소디> 개봉 시기에 '마마~우우우우우~' 멜로디를 뿌려 대던 프레디 머큐리님들, 이제는 뜸하시네요.

통상적으로 사람들이 말하는 한 주에 5일 출퇴근하는 '직장 생활'을 나는 한 번도 경험한 적이 없다. 직장인의 삶은 드라마나 지인들의 입을 통해 대리 경험할 뿐이다. 잘 모른다. 무진장 어렵고 힘든 일이라는 것만 익히 들어서 알고 있다. 고난과 역경의 일과를 마치고 집 대신에 피아노 학원을 선택한 직장인의 삶을 상상해 본다. 여기 김직장 씨가 있다. 말도 안 되는 양의 업무를 처리하고 상사의 이해 못할 성격까지 다 받아 준 후 바닥에 떨어진 자존감을 주워 퇴근한 김직장 씨(이 상상, 너무 스테레오 타입인가?), 그런 그가 피아노 학원에 도착하자마자 슈퍼맨처럼 돌변하는 극적인 씬을 떠올린다.

김직장 씨는 하루 중 이 순간만을 기다려 왔다. 머리

끈을 꺼내 뒷머리를 질끈 묶는다. 건반 뚜껑을 열며 눈을 번쩍인다. 고용주의 변덕에 휘둘리느라 숨겨 놓았던 자아를 꺼낸다. 양손을 드는 것만으로도 미풍이 불어온다. 지금은 평범한 직장인일 뿐이지만 유년기부터 배운 피아노 앞에서는 두려울 것이 없다. 이제부터 시작할 음악은 누구에게 들려주기 위한 연주가 아니다. 오로지 자신을 위해서, 마음대로 컨트롤할 세계가 있다는 것을 스스로 증명하기 위해서, 아무런 잡생각 없이 순수하게 열중할 수 있는 무중력의 상태를 즐기기 위해서다. 한바탕 정신없이 폭풍을 일으켜 하루의 감정 밸런스를 맞춘 김 직장 씨는, 이제야 집으로 돌아갈 준비가 된다.

누구나 김직장 씨만큼 준프로급 실력을 갖추고 있지는 않다. 피아노 학원 수강생은 걸음마 단계부터 시작하는 사람들이 훨씬 많다. 옆방의 폭풍이 잦아들면 송충이 기어 다니는 소리, 소가 음메 하고 우는 소리, 그리고 나무늘보가 방귀 뀌는 소리가 들린다. 피아노 치는 사람의 악보는 다 거기서 거기라, 마음 같아선 옆방문을 열고 반가움을 마구 표하고 싶다. 앗, 옆방님, 저도 그 악보 뽑았어요! 뒷방님, 그 곡은 제가 스무 살 때 연주했던 거예요! 저도 앞방님이 치고 계신 그 피아노 유튜브 보는데! 하지만 현실의 우리는 얼굴 마주칠 일은 없고, 여간해선 말을 섞을 일도 없다. 마주친다고 해도 누군지 모를 것이다. 피아노 학원에서는 서로의 존재를 오로지 벽 너머의 곡으로만 인지한다. 오늘도 김동률님 오셨네. 이루마님은 오늘 조금 늦네? 김광민 아저씨랑 유키 구라모토 할아버지는 수요일 오후에만 들르시는구나. <Playing Love> 연습에 매진하고 있는 요즘의 나는 그들에게 아마 엔니오 모리꼬네로 불리고 있을 것이다. 내가 감독으로서 누구나 찍을 수 있는 기회가 주어진다면, 유명 피아노 콩쿠르 우승자보다는 옆방 피아니스트들을 향해 카메라를 들 것이다. 위인전기 같은 천재 예술가 서사보다 지루한 것은 없으니까. 매일같이 좁은 방, 88개의 건반 앞에 앉아 있는 수강생들의 사연이 궁금하다. 그들도 내가 궁금할까.

이날을 기다렸다. 홀로 6개월을 드나들던 피아노 학원 벽 너머의 사람들을 드디어 만났다. 조촐한 학원 연주회 파티가 있는 날이었다. 테이블에 앉아 어색한 침묵의 시간을 술에 말아 삼키자 입이 트이기 시작했다. 언젠가 옆방에서 <산중호걸> 동요를 누가 치고 있길래 벽에 기대어 그 순수한 멜로디를 한참 감상했던 적이 있었다. 내 옆에 앉은 50대 정보과 형사님이 그 주인공이었다. 빡센 포마드 스타일에 마치 피아니스트처럼 말끔하게 차려입은 댄디한 남성은 <곰 세 마리>를 수련 중이라고 했다. 내일은 그랜드 피아노 연습실에서 칠 수 있게 되었다며 격앙된 표정을 비쳤다. 나는 한번 쳐 보라고 부추겼다. 여기서 <곰 세 마리> 치면 완전 인기 짱일 거라고. 댄디맨은 호걸님을 가리키며 아니 호랑이가 나서지 않는데 감히 곰이 어떻게 나서겠습니까, 라며 너스레를 떨었다. 슈만의 <소나타>를 연주했던 50대 여성은 시종일관 자기 자랑하느라 여념이 없었다. 직장에 입사한 지 얼마 안 됐지만 부장님과의 회식 자리가 너무 노잼이라고 토로했던 맞은편 20대 여성의 말에 왠지 공감이 갔다. 슈만 선생님은 본인 외모가 동안이라며 셀프 칭찬을 이어갔고 우리는 리액션에 어려움을 겪었다. 호걸 형사님이 한마디했다. "저분 체포할까요?" 대개 투쟁 현장에서는 악명 높은 정보과 형사에게 호감을 느낀 것은 처음이었다. 그러나 실수투성이였던 내 연주가 끝나자마자 큰 소리로 "천재 아니에요!?", "피아노 치는 옆모습이 잘생겼네!"라고 호들갑 떨어 주신 슈만 선생님을 다시 애정할 수밖에 없었다. 그분이 체포되면 땡볕에서

1인 시위라도 할 마음이 생겼다.

모두들 술에 취해 혀가 꼬인 그날, 우리는 친구가 되었다. 등쌀에 떠밀려 비틀비틀 피아노 앞에 앉았던 쇼팽님은 미스 터치를 연발하며 결국 <발라드 1번> 연주를 중단했다. 밤늦게 파티가 끝나자 나는 거기 있던 반짝이는 헬륨 풍선을 하나 백팩에 묶었다. 둥둥 뜬 채로 집에 도착해 한참을 생각했다. 풍선은 어디로 간 걸까.

어떤

투쟁

평화로운 토요일 오후였다. 느긋하게 점심을 먹던 중, 휴대폰이 울린다. 함께 수련하는 회원들의 단톡방이 요란하다. "가는 길이 너무 험난합니다."라는 멘트와 함께 사진 한 장이 올라와 있다. 아뿔싸, 오늘이 바로 태극기 휘날리는 그 요일이군! 먹던 된장국에 숟가락을 던졌다. 가방을 잽싸게 낚아채 서둘러 집을 빠져나왔다. 시간을 지체할수록 상황은 더 악화될 것이다. 정류장을 막 떠나려는 버스를 전속력으로 달려 잡았다.

　휴, 다시 폰을 확인했다. P1은 시청과 덕수궁 쪽이 완전히 막혔다는 소식을 전했고, P2는 종로 3가가 아무래도 본진인 것 같다면서 함께 뚫고 갈 동지를 구하고 있었다. 한번 묶이면 탈출할 수 없다. 혼자서는 무리겠지.

P3은 인터넷으로 광화문 쪽 CCTV를 실시간으로 중계하며 안전한 경로를 안내하고 있었다. 대부분의 길이 그들에게 점령당하고 있었다. 나는 P2에게 당황하지 말고 천천히 눈을 감고 심호흡을 하라고 일러 주었다. 방법은 있을 거야.

그런데 갑자기 버스에서 안내 방송이 흘러나왔다. "이 버스는 더 이상 가지 않습니다. 여기서 모두 내리세요." 초유의 사태다. 예전에도 부암동에서 버스가 멈춘 적이 있었다. 걸어야 할 길이 너무나도 아득했기에 그때는 다시 집으로 돌아갔다. 망연자실한 표정으로 하늘을 바라봤다. 눈에 힘을 질끈 주고 다짐한다. 오늘은 포기하지 않기로 한다. 언덕을 넘을 것이냐, 터널을 통과할 것이냐의 경로를 고민하다가 터널을 택했다. 이제 믿을 것은 내 두 발뿐이다. 어둠 속으로 몸을 날렸다. 오로지 목적지를 향해 전진하고 전진한다. 그 사이에 P4는 결국 포기하고 회군을 결정했다는 아쉬운 소식을 전했다. 맞아, 누구도 강요할 수 없고 비난할 수 없어. 어렵게 결정한 선택이라면 존중해야 해. 나는 위로의 말을 전했다. 시간이 얼마나 흘렀을까. 터널의 종료를 알리는 빛이 보이기 시작했다. 이제부터가 시작이다. 마음을 굳게 다잡고 신발 끈을 꽉 조였다.

올 것이 왔다. 전방 50미터 앞에 도로를 점령한 그들이 일렁인다. 요란한 깃발, 시끄러운 괴성, 알록달록한 의상…. 이제 우회로는 없다. 정면으로 그들을 뚫어야 한다. 나는 거대한 군중의 흐름을 역주행하기 시작했다. 매 순간 대열을 분석하고 좁은 틈을 발견해 냈다. 발은 빠른 경보로, 어깨는 45도의 각도를 유지하고 오로지 목적지를 생각하며 앞으로 나갔다. 경복궁역 사거리에서 잠시 방심했다가 물살에 떠내려갈 뻔했지만 기어코 중심을 잡았다. 국적 모를 언어와 괴성으로 시끄러운 무리 속에서도 전진만을 택했다. 그들은 그들의 절박함이 있겠지만 나는 나대로 계획을 실현해야 하는 절박함이 있다. 양보는 있을 수 없다. 대열을 빠져나온 뒤 뛰기 시작했다. 드디어 목적지가 눈에 보인다. 옷깃을 다시 여미고 목표한 지점을 향해 발을 내디뎠다. 힘겹고 외로운 투쟁이었다. 나는 열다섯 개의 방 중 아무 데나 들어가 가방을 벗고 의자에 앉았다. 그리고 피아노 뚜껑을 열고 악보를 펼쳤다.

이제
　　　　노련한
어른이니까

아무 걱정 없이 피아노에 미쳐 있던 행복한 스무 살에도 아쉬운 마음은 있었다. 쇼팽(chopin)을 쵸핀이라 읽는 미대 친구들 사이에서는, 도무지 피아노 이야기를 나눌 사람이 없다는 것이었다. 아무도 구사하지 못하는 모국어를 독백으로만 품어야 하는 타국 생활의 기분이 이러할까. 생각해 보니 없었던 것은 아니다. 다니던 피아노 학원에 작곡과 입시를 준비하는 삼수생 형이 있었다. 학원에서 인사를 주고받고, 나중에는 돈가스를 같이 먹고, 스타크래프트까지 같이 하는 사이가 되었다. 그마저도 곧 잃었다. 내 잘못이었다. 어쭙잖게 미학 서적을 패션으로 꿀떡 삼키고 커다란 도끼를 든 채 보이는 모든 예술 작품을 비평의 대상으로 삼았던 건방 넘치던 스무 살에, 그

형이 내게 들려준 자작곡도 결코 예외가 될 수는 없었다. 내가 열의를 다해 코멘트를 할수록 형의 얼굴도 새빨갛게 변해 갔다. "그림 그리는 놈은 그림이나 그려!" 형의 그 마지막 대사를 끝으로 우리는 다시 안 보는 사이가 되었다. 흑흑….

군인 시절에도 피아노 친구를 한 명 만났다. 나는 여느 주말처럼 부대 안에 있는 교회로 피아노를 연습하러 갔다. 그런데 그날은 바깥부터 피아노 소리가 들려왔다. 누구지? 간혹 병사들이 교회에 있는 악기를 만지는 경우는 종종 있었다. 문을 열고 들어가자 피아노를 치고 있던 병사는 나를 보고 흠칫 놀랐다. 말년 병장이던 나는 놀라는 그를 달래는 손짓을 하며 말했다. "괜찮아, 괜찮아, 그냥 계속 연주해." 그런데 그놈 행동이 수상해서 가까이 가 보니 병사가 아니라 새로 온 장교였다. 죄송합니다. 껄껄껄… 그래 봤자 비슷한 나이였던 우리는 서로가 사막의 오아시스와 같았다. 피아노 앞에서 한 시간이고 두 시간이고 쇼팽, 베토벤, 리스트, 드뷔시에 관한 이야기를 봇물 터지듯 쏟아 냈다. 그러나 얼마 지나지 않아 전역한 나는 그와 깊은 우정을 나누지는 못했다. 가끔 그 장교님이 생각난다. 지금도 어디선가 피아노를 치고 있을까? 연습 중이라던 베토벤 <열정 소나타>는 완곡하셨을까.

인생에서 가뭄에 단비 한 방울 떨어지듯 귀했던 피아노 친구가, 서른이 훌쩍 넘어 무더기로 생겼다. 성인 취미 피아노 학원이 우후죽순 생겨나는 요즘에는 더 이상 초등학생, 유치원생 사이에서 피아노를 치지 않아도 된다. 그리고 성인들은 어른답게 (어디서든) 술상 차리는 이벤트를 꾸준히, 그리고 정기적으로 마련한다. 피아노 연습실 그 좁은 공간에서는 잠시 벗어 두었던 사회적 자아를 다시 걸치고 로비로 나와 술을 마시며 이야기를 나누다 보니 친구가 생겼다. 처음에는 말 섞기가 어색했지만 이제는 다정하게 소맥을 섞어 주는 사이가 되었다.

피아노가 아니었으면 평생 만날 일이 있었을까 싶은 생각이 들 정도로 피아노를 제외하면 직업, 취향 등 공통분모가 없다. 공대 나와서 기계 설비를 관리하는 사람, 새로 옮긴 직장이 의료용품 유통업계라는 사람, 공기업 퇴사 후 자소서를 쓰고 있다는 사람 등 대부분 직장인이다. 그 세계를 모르는 나는 관련 화제가 나오면 "와, 힘들겠다." 정도의 식상한 추임새 말고는 더 보탤 말이 없는 것이다. 역으로 이런 사람들이 피아노라는 취미 하나만으로 즐겁게 친목을 유지할 수 있다는 게 신기할 따름이다. 당연히 우리는 만나면 피아노 이야기를 가장 많이 한다.

피아노 친구들과 인사동에서 도토리묵에 막걸리 한잔 걸친 날이었다. 친목 모임에서 정치와 종교 관련한 화제만은 테이블에 꺼내지 말라고 했던가. 그 정도는 아는 나이가 되었지만, 시기가 시기인지라 아주 가볍게 물었다. "이번 총선에 다들 투표한 후보가 당선되었나요?" 총선 다음 날이라 날씨를 묻듯 거기까지는 아주 자연스러웠다. 내가 할 수 있는 가장 안전한 질문이기도 했다. 정치적 스탠스가 비슷한 다른 무리의 친구들과는 "아니 왜 우리가 찍었던 당과 후보… 이번 결과 너무 안타깝다!" 라고 맘껏 푸념했을 텐데, 여기선 그럴 수 없다. 다들 어떤 성향을 가지고 있는지 전혀 모른다. 서로 알려고 하지 않는다. 알았다가는 득보다 실이 많겠지.

그런데 그날따라 막걸리를 벌컥벌컥 마신 나는 취해서 한 발짝 더 나가 버렸다. "아우, 이번에 A씨 당선된 거 보면 참 어이가 없어요!" 그러자 바로 건너편에서 반격이 날라왔다. "왜, 난 A씨 지지하는데요?" 아차 싶었다. 명백한 나의 실수였다. 내가 20대였다면 거기서 더 주고받았을 것이다. 지금은 다르다. 이런 상황에서 침묵하거나 아니면 대화를 끊고 다른 화제로 바로 전환할 수 있는, 그래서 평생 만날 일 없는 A씨보다 우리 관계를 더 소중히 여기는 노련한 어른이 되었다. 재빨리 물었다.

"연습하시는 곡 왼손 테크닉이 그렇게 어렵다면서요?"

안 되어도

그냥
지나가겠습니다

"똑똑똑."
 "들어오세요. 자,《하농》39번을 펼쳐 봅시다."

 "선생님, 이번에 연습을 많이 했지만 레슨 시간에 임
박해 도착하는 바람에 손을 풀지 못했습니다."
 "알겠습니다."

 "선생님, 저는 항상 노란색 조명에서 연습을 해 왔
는데 이 방은 하얀 조명이라 심리적으로 굉장히 어색
합니다."
 "다른 방으로 옮길까요?"

"아닙니다. 그런데 선생님, 실은 제가 낮에 막걸리를 한 병 먹고 왔네요. 원래 실력이 아닐 수 있음을 유념해 주셨으면 좋겠습니다."

"감안하고 듣겠습니다."

"그럼 쳐 보겠습니다. 띠리디디리릭띠리리리릭."

"잠깐만요, 부점 터치하실 때 자꾸 상체가 리듬을 타는데요, 그러면 안 됩니다."

"신나는 걸 어떡합니까?"

"……."

"다시 쳐 보겠습니다. 띠리디디리릭띠리리리릭."

"잠깐만요, 손목을 더 올려야 합니다."

"네, 띠리디디리릭띠리리리릭."

"잠깐만요, 손목을 올리되, 손목에 힘이 들어가선 안 됩니다."

"네, 띠리디디리릭띠리리리릭."

"잠깐만요, 손목을 올리고 손목에 힘을 풀되, 어깨가 올라가선 안 됩니다."

"네, 띠리디디리릭띠리리리릭."

"잠깐만요, 손목을 올리고 손목에 힘을 풀고 어깨가 올라가지 않는 상태로 허리를 펴 줘야 합니다."

"네, 띠리디디리릭띠리리리릭."

"잠깐만요, 손목을 올리고 손목에 힘을 풀고 어깨가 올라가지 않고 허리를 편 상태로 손가락 끝을 구부려 건반을 눌러야 합니다."

"그게 정녕 사람으로서 가능한 자세입니까?"

"제가 보여 드리겠습니다. 또로로로로로로로로로롱."

"아⋯ 그런데 저는 이미 틀린 것 같습니다. 제 몸은 그렇게 작동하도록 설계되어 있지 않습니다."

"마음가짐이 중요해요. 그런 것을 연습하라고 연습을 하는 거죠."

매주 반복하는 레슨 시간의 대화. 미술에 '고른 톤을 유지하며 일정한 간격으로 선 긋기'라는 기본기가 있듯이 피아노에도 기본기가 있다. 뭐든 기본에 충실하기가 가장 어렵다. 내가 초등학생이었다면 똑바로 하지 않느냐며 대차게 혼났을 것이다. 손가락이 잘 돌아가지 않는 것만 문제는 아니다. 귀도 범인이다. 건반을 누르는 방식에 따라 미묘하게 달라지는 음의 색깔을 나는 구별하지 못한다. 두 가지의 경우를 모두 시범을 보여 주고 "확실히 음색이 다르죠? 재형 씨?"라는 선생님의 눈빛을 받을 때마다 내 얼굴 양쪽에 붙어 있는 것을 귀라고 불러도 될지 의심스럽다. 군대에서 경상도 출생 전우들로부터 부산과 대구 사투리가 그렇게 다르다고 2년간 강의를 들었지만 결국 분간하지 못했던 기억이 떠오른다. 아니, 그게 그거 같은데…?

빠르게 연습해야 할 부분은 손가락이 안 돌아가 못 하고, 느린 곡은 음색을 구분 못 하는 귀가 문제라 진퇴양난이다. 이 문제로 몇 주 동안 끙끙대다가 더 이상 이 고민은 하지 말기로 했다. 내가 피아노로 내세울 수 있는 것은 좋아하는 마음뿐인데, 왜 들리지도 않고 분간할 수도 없는 세계로 억지로 들어가 스트레스를 받아야 하는가!

전공자들은 많은 무대 경험과 조기 교육으로 단련된 감각, 그리고 음악과 친밀한 문화적 환경에서 성장해 섬세한 손과 귀를 가졌다지만, 그래서 그것을 해내지 못하면 치명적 약점이 되는 세계에 거주한다지만, 나는 다르잖아. 나는 주로 피아노 연주를 라이브로 감상하는 것 자체를 낯설어하고 신기해하는 사람들 앞에서 공연을 한다. '하루에 다섯 시간씩 1년 넘게 피아노를 치고 있는 내가 분간하지 못할 음의 세계라면, 아마 내 공연을 찾는 관객도 여간해서는 모를 것이다!'라는 생각의 유혹에 기꺼이 넘어간다.

어른이 되어 받는 레슨의 좋은 점이 있다. 대부분 나보다 어린 피아노 선생님들에게 엄살과 넉살을 마음껏 섞어 가며 도저히 안 되는 지점에서는 그냥 "하하하, 이거 참 안 되네요!"라며 웃어넘길 수 있다는 것. 물론 그렇다고 노력하지 않는 것은 아니다. 내 생활에서 감당할 수 있는 최대한의 노력을 그럭저럭 기울이고 있다. 그래도 안 되는 것에는 미련을 품지 말기로 한다. 참을성과 인내심이 전문가 코스를 밟는 수련생들이 필수적으로 가져야 할 덕목이라면, 즐거움과 흥미를 엔진 삼아 롱런하려는 취미생에게 가장 필요한 판단은 '안 되는 것의 빠른 포기'일지도 모른다.

이전에는 많이 바라는 것은 없고, 초보로 보이지 않을 정도의 '기본기'만 장착했으면 좋겠다고 생각했다. 오산이었다. 기본기라는 확고 불변한 절대적 경계는 있지 않다. 허상의 개념에 불과하다. '기본기만 제대로'는 절대로 도달할 수 없는 경지다. 사람마다 기본의 수준이 모두 다르다. 기본의 기준은 배울수록 끝없이 위로 설정된다. '내가 몰랐던 기본'이 계속 발견될 뿐이다. 반대로 생각해야 한다. 뭘 포기할 것인가, 뭘 더 안 배울 것인가.

'날이 갈수록 내 피아노도 계속 발전해야 해!'라는 조바심보다 '이만하면 됐지'라는 마음이 더 앞서는 요즘이다. 갑자기 수준급 연주가 손에서 흘러나왔거나 안 되던 테크닉이 해결되어서가 아니다. 그냥 이 모자란 실력 그대로 평생을 쳐도 스스로 불만이 없으리라는 확신이 들었다. 많이 느리지만 몇 달을 노력하면 한 곡을 암보하여 겨우 공연에서 (안 까먹고) 연주할 수 있는 딱 이정도, 여기까지 오는 데에도 많은 노력이 필요했다. 사람 욕심은 무한해서 나도 즉흥 연주가 가능하다거나, 처음 보는 악보도 능숙하게 연주를 할 수 있는 사람이 되어서 피아노 유튜버들처럼 매주 라이브 방송을 해 보고 싶은 마음이 없었던 것은 아니다. 그러나 일단 접어 두자. 그 능력이 되려면 내가 그림 그렸던 세월만큼의 긴 시간이 필요하다!

지금 내 위치에서 더 나아가려고 하지 말자. 만약 내 연주를 지적하는 사람이 나타난다면 도망가자. 이번 생에 피아노는 이 정도만 유지하고 즐기자. 내가 오로지 연주만 직업으로 삼는 사람도 아니고. 30대 후반이 되니 나름의 깨달음이 생긴다. 어떤 가능성은 여전히 나를 설레게 하고 미래를 내다보게 만들지만, 삶의 모든 영역에서 가능성(잘 되고 싶은 마음)의 화분을 키우는 일은 상당히 피곤한 일이다. '더 노력하자'라는 포부보다는 '그래, 여기까지'라는 마음이 주는 해방감과 내면의 자유를 슬며시 경험하고 있고, 이 기분 은근히 짜릿하다. '누구나 하루에 10분만 투자하면 ○○이 될 수 있다'는 식의 끝없는 세계에서의 탈출, 더 발전하지 않겠다는 단단하고 대범한 마음, 언덕 너머를 흘겨보며 질주하지 않고 뗏목에 누워 별빛을 보며 유유히 흘러가는 삶을 택하기로 한다.

'발전'이라는 개념을 삭제한 나는 '전문가'와 '취미생'이라는 두 테이블이 만나는 가운데에 앉아 그때그때 입맛에 맞는 음식만 골라 먹는 경계인의 포지션을 즐기기로 했다. 필요 이상으로 진지하지 않기로 작정한다. 피아니스트라는 직업이 부담이 되지 않도록 방어한다. 스트레스가 재미를 추월하지 못하게 그어 놓은 내면의 정지선에서 브레이크를 밟는다. 공연할 때는 그 어떤 프로 음악가보다 진지한 태도로 무대에 임한다. 다만 레슨받을 때는 취미생의 가벼운 태도로 돌변해 불리한 상황을 무마한다. 결정적으로 성인 취미반은 선생님에게 이런 멘트를 날릴 수도 있다.

"선생님, 저는 이제 이 연습이 좀 지겹습니다. 안 되는 것은 알지만, 지나가겠습니다. 이제 좀 다른 것을 하고 싶습니다."

지나간 것은 지나간 대로 뭐 그런 의미가 있겠지. 없으면 말고.

나는
피아니스트인가

아닌가

"저는 원래 미술 하는 사람인데요…." 극장에서 내 영화
를 상영한 첫해에는 항상 GV(Guest Visit, 관객과의 대화)
에서 이 말을 꼭 덧붙였다. 그때까지는 영화제 경험을 삶
의 이벤트로 여겼고 여전히 미술가의 정체성을 유지했기
때문이지만, 한편으로는 '미술 하는 사람이니까 뭐 좀 부
족하더라도 이해해 줘요. 이만하면 잘했잖아요.'라는 방
어 기제의 일환으로 비평의 영역으로부터 벽을 친 것이
다. '그림 잘 그리는 경비원', '현직 소방관 이종격투기 파
이터'처럼, 본업 아닌 일에 열심히 도전하는 사람들을 바
라보는 세간의 긍정적인 시선을 유도했다. (비슷한 시기 어
느 미술 잡지에서 전시 리뷰 원고 청탁이 왔을 때에는 필자 소개
란에 '영화감독'이라 스스로 칭했다. 덕분에 자유로운 미술 글쓰

138

기를 시도할 수 있었다.)

　그러나 영화가 내 경력의 절반 이상을 차지하게 되고, 또 메인 커리어가 되기 시작하면서부터는 더는 이 말을 할 수 없었다. 어느덧 나는 내적으로나 외적으로나 누가 보더라도 '영화인'이 되어 있었다. GV를 갈 때면 영화에 관한 말만 하고 무대에서 내려왔다.

　피아노. 요즘 나는 피아노 치는 사람들을 만나면 괜스레 움츠러들어서 소개할 때 "저는 원래 피아노 치는 사람은 아니고요, 영화 찍는 사람인데요."라는 말을 꼭 덧붙인다. 자신 있는 분야에서는 팔짱 낄 수 있지만, 왠지 새로운 분야에 도전할 때면 '이 사람들이 날 어떻게 볼까?'라는 두려움이 생긴다. 실력만으로는 피아니스트는커녕 동네에서 좀 친다 하는 초등학생에게도 무릎을 꿇어야 한다. 아직도 손끝으로 건반을 누르지 못하고, 계란 쥔 손 모양도 안 된다. 나 자신을 피아니스트라고 소개한다면 어디선가 날 지켜보고 있을 익명의 피아노 전공자가 피식 비웃음을 터뜨릴 것만 같다. 유년기에 피아노 오래 배웠던 일반인이라도 내 연주를 감상한다면 훈수 두고 싶은 욕망이 목구멍까지 차오를 것이다.

　그러나 실력이 아닌 외적 조건으로 보면 어떤가. 나는

매일매일 하루 일과 중 대부분의 시간을 피아노 연습에 바치고 있고, 드물기는 하지만 1년에 한 번 이상 꾸준히 어딘가에서 초청받아 공연하거나 스스로 판을 벌이며, 그 무대에서 피아노를 통해 내 생각을 관객에게 전달한다. 이보다 더 피아니스트를 정의할 수 있을까?…라고 당당하게 말을 못 하고, 자주 머뭇거린다. 나는 뭘까?

피아니스트인가 아닌가의 질문은 '누가 예술가인가?'라는 질문으로 확장된다. 창작, 예술 쪽에서 '전문가'의 자격은 어떻게 생길까? 해당 분야의 입시와 전공을 거치면, 그러니까 학위가 예술가의 자격을 보장해 줄까? 나는 피아노 앞에서는 한없이 쭈글쭈글해지고 전공자를 신처럼 숭배하지만, 만약 어떤 사람이 미술 학위를 내세우며 내 앞에서 우쭐댄다면 난 앞에서 콧방귀를 뀔 것이다. 만약 어떤 사람이 영상과 영화 전공자라며 내 앞에서 으스댄다면 코 파서 선물로 줄 것이다. 예술 창작 쪽에서 학위나 자격증을 들이대는 놈이 가장 구린 놈이라는 것을 나는 잘 안다. 당연한 이야기지만 문법을 안다고 해서 좋은 문장이 보장되는 것은 아니다.

언젠가 고등학생을 상대로 직업인 특강을 한 적이 있었다. 시간이 지나 앞자리 두 명을 제외하고 모두가 잠들었을 때, 나는 예술가의 자격에 대해 이렇게 열변했다. "예술가란 자신의 생각과 경험을 감상 가능한 것으로 만들어 내어, 변화하는 정체성을 매 순간 더듬어 보고, 그 것을 타인에게 툭 던져 놓고 반응을 살피는 일을 정기적으로 하는 사람"이라고. 반응을 툭 살피자 그중 한 명마저 엎드려 있었다. 아무래도 난 누구를 가르치는 직업을 가지면 안 되겠다고 굳게 다짐했다. 아무튼! 나는 위 조건이 충족되면 전공 유무 상관없이 다 예술가라고 본다.

그런데 왜 피아노 앞에만 서면 이렇게 작아질까. 아무도 묻지 않은 자격을 스스로 물으며 자기 검열을 한다. 테크닉, 스킬은 작품을 구성하는 수많은 요소 중 하나일 뿐이라는 것도 알고 있지만, 그럼에도 불구하고 피아노 전공자 앞에서 "예술에서 전공 따위는 중요하지 않아요."라고 말할 용기는 생기지 않는다.

그러나 언제까지 이럴 수는 없다. 몇 번의 공연을 거친 후에, 관객의 반응을 살핀 뒤에 얼굴에 철판을 깔아도 괜찮겠다고 판단했다. 전통적인 의미에서 잘나가는 피아니스트 수백 명이 내 공연을 보러 와도 꿀리지 않기로 했다. 난 일반적인 피아니스트들이 가능한 것들을 못하지만, 그것과는 다른 매력이 있다. 나의 공연은 특별하고, 그렇기에 내 피아노도 특별할 수밖에 없다. 세상에는 권위 있는 콩쿠르에서 우승한 조성진 같은 피아니스트도 필요하지만, 오로지 피아노 하나로 좌중을 압도하는 피아니스트도 필요하지만, 그 세계에서 멀리 떨어져 조그만 집을 짓고 있는 나 같은 피아니스트도 한 명쯤 있으면 좋다고 생각한다. 이런 고민을 할 때에 서울문화재단에서 인터뷰 요청이 들어왔다. 당시의 나는 날이 갈수록 뻔뻔해지고 있었고, 기사 제목은 이렇게 나갔다.

"저는 피아니스트입니다."

내가

돋보이고
싶어서요

장르를 옮겨 가며 작업하는 예술인들이 많은 세상이다. 여전히 고정관념도 있다. 가령 누군가가 음악, 미술, 문학, 영상을 모두 다룬다고 하면 일단 나도 의심의 눈초리로 본다. 내색하지는 않지만 속으로 이렇게 말한다. '뭐 요란하네. 한 가지나 제대로 할까?' 모르는 사람들이 날 힐끗 보는 시선도 크게 다르지 않을 것이므로 만일의 상황에 대비하는 편이다. "왜 전문 피아니스트를 섭외하지 않고 직접 연주하십니까?"라는 질문은 언젠가 꼭 받을 줄 알았다. '진짜' 피아니스트를 고용한다면 영상과 함께하는 작품의 무대 퀄리티가 더 높아지지 않느냐는 우회적 크리틱이다. 나는 두 가지 버전의 대답이 준비되어 있다.

그중 그럴싸하고 있어 보이는 대답은 다음과 같다. "작품의 물리적 완성도는 중요합니다. 하지만 외적 퀄리티는 제가 작업을 바라보는 여러 가지 요소 중 일부일 뿐입니다. 피아니스트를 섭외하면 물론 저보다 더 좋은 연주를 하겠죠. 저는 영상에서 국가폭력을 주제로 다뤘습니다. 부족한 실력에도 직접 연주를 수행하는 것은, 창작자이면서 동시에 소심한 액티비스트이고자 하는 제 정체성과 깊은 관련이 있습니다. 관객 앞에서 직접 연주를 하는 것은 아주 중요합니다." 다듬고 다듬은 오피셜한 버전이다. 아, 내가 들어도 멋있어라!

하지만 편한 자리에서는 두 번째 버전의 대답을 한다. 꾸미지 않고 속마음을 다이렉트로 내보인다. 국가폭력? 액티비스트? 거짓말은 아니지만 1순위의 마음은 아니다. 소주를 한 병 이상 마셨을 때는 이렇게 말한다. "그냥 피아노 치는 게 좋아서." 작업의 의미를 캐묻는 공격적인 질문에 '단지 좋아서'라고 대답하는 것은 왠지 아마추어같아 보인다. 하지만 내 진심이다. 이어서 속내를 더 꺼낸다. "내가 돋보이고 싶어서요."

많은 작가들이 그렇듯 나도 내 작업만으로 돈을 엄청나게 버는 것도 아니고, 부귀영화를 누리는 것도 아니다. 그렇다면 가장 우선시할 마음은 내 행복이고 즐거움이다. 나는 미술과 영상을 다룬다는 이유로 내 서투른 피아노를 사람들 앞에서 연주하게 될 훌륭한 핑계를 '겨우' 얻었다. 공연 때 피아니스트를 섭외하면 당연히 외적 완성도는 높아질 것이다. 하지만 난 그렇게 하지 않는다. 공연을 준비하고 건반 앞에서 긴장하고 조급해하고 실수하고 얼떨결에 연주를 마치고 안도의 한숨을 내쉬고 사람들의 칭찬을 받는 게 바로 '나'라는 사실이 좋다. 다른 이유는 필요하지 않다.

은근하고
그럴싸한
작곡의
역사

피아노로 활동한다는 사실 하나로 나를 과대평가하는 이들이 있다. 가령 내게 작곡을 의뢰한다든지…. 자주 있는 일은 아니지만 난감하다. 마치 페인팅 작가라는 이유로 디자인과 웹툰과 벽화와 초상화와 심지어 도색까지도 당연히 잘할 거라는 외부인의 아량 넓은 시선과 비슷하다. 내가 디자인 똥손이란 것을 여러 기회를 빌려 증명한 것처럼 연주와 작곡은 음악이라는 큰 분야에서 공생할 뿐 엄연히 다른 분야다. 손사래를 치며 정색하며 말한다. "저는 그런 사람이 아닙니다. 의뢰받아서 작곡하고 연주하는 일은 전문 뮤지션들이나 하는 일이죠. 그쪽을 찾아보세요."

올해도 번지수를 잘못 찾아온 사람이 있었다. 전시회를 함께 한 인연으로 교류하던 임지민 작가. 본인 개인전에 영상을 전시하고 싶은데 거기에 들어갈 피아노 곡을 만들어 달라는 메시지를 보내 왔다. 못해요, 라고 단칼에 거절하기엔 매몰차 보여서 몇몇 질문을 건넸다. 무슨 영상 작업을 하시는지, 평소 즐겨 듣는 피아노곡 은 있으신지 등등을 물으며 말을 섞다가, 딴청을 피우 다가, 거절의 변을 길게 썼다가, 지웠다가, 덜컥 "저에 게 맡겨 주십시오!"라며 수락하고서 정신을 차려 보니 대화는 이미 끝나 있었다.

왜 그랬을까. 순간의 광기도 아니 땐 굴뚝에서 솟아오 르지 않는 법. 어디서 말하기는 민망하지만 작곡의 욕망 을 한 번도 품어 본 적 없었던 것은 아니다. 실력 유무와 는 별개로 피아노를 큰 축으로 음악이라는 큰 산에 기 거한 지가 꽤 되었으니, 어깨너머로 주워들은 티끌 같은 지식과 경험을 총동원한다면, 혹시 나는 알고 보면 훌륭 한 서당개… 정도는 되지 않을까, 라는 일말의 가능성을 스스로 시험해 보고 싶었는지도.

"작곡? 어렵지 않아. 내가 기타로 반주할 테니 아무 음 이나 흥얼거려 봐." "음음~ 음흠~ 아~~ 음~ 이거 맞아?" "그래, 방금 작곡했네. 그렇게 다듬으면 음악이 되는 거야." 스물여덟 살 무렵, 나는 제주도에서 사귄 친구들과 어떤 방에 앉아 있다. 빈 막걸리 병을 가득 앞에 두고 마침 싱어송라이터였던 그 친구에게 궁금한 것들을 물었다. 그날 술자리에서 흥얼거렸던 경험은 작곡이라는 넘볼 수 없던 벽에 미세한 균열을 내었다.

이전까지 나는 곡 만드는 사람은 원래부터 그렇게 태어나는 줄 알았다. 회화와 비교하자면 그림은 뭐든 보고 옮길 대상이 있다. 추상화도 결국 구상화에서 해체되어 자기 영역을 만든 것이듯, 그림 그릴 때는 '본다'라는 최초의 핑곗거리가 있다. 그런데 음악은 재현할 만한 대상이 없다. 음악이야말로 무에서 유를 창조하는 유일한 예술이 아닌가? 어느 날 번뜩 영감이 솟아나 미친 듯이 창작을 하는 전통적이고도 신비로운 천재 예술가 이미지는 어느 예술 장르보다 음악가에 적합한 듯 보였다. 20세기 초, 추상화라는 장르를 세계적으로 널리 알린 바실리 칸딘스키도 지향점이 음악이었다는 점은 결코 우연이 아니다.

그러나 손에 잡히지 않는 대상을 어떻게 그려 내고 음악으로 만들 수 있을까? 칸딘스키는 저작《예술에서의 정신적인 것에 대하여》에서 그 원리를 '내적 필연성'이 있어야 한다고 아리송하게 말했고, 니체는 《비극의 탄생》에서 "살아 있는 유희를 바라보고 항상 정령의 무리들에 둘러싸여 살 수 있는 능력"이 있어야 진정한 시인(예술가)이 될 수 있다고 했다. 아니, 알겠는데, 내적 필연성은 어디에서 발현되고 정령은 어디에 있나요, 선생님들? 이렇게 물어 봤자 그들은 이 세상에 없다. 결국 보는 것으로부터 자유로울 수 없어서 열망하던 추상화를 한 번도 그려 내지 못한 나는, 작곡이라는 영역 역시 다음 생에서야 가능하리라고 생각했는데, 술자리에서 불현듯 실마리가 풀린 것이다. 이거… 오르지 못할 산은 아닌데? 나는 등산화를 챙겼다.

몇 년 후, 하자센터에서 워크숍 '은근작곡반'에 참여하게 되었다. 작곡에 관심 있는 일반 성인을 대상으로 개설한 워크숍이었고 부담 없는 가격과 커리큘럼이어서 제목처럼 '은근히' 신청할 수 있었다. 거기에 모인 수강생들은 모두 은근했다. 선생님도 퍽 은근한 성격이어서 첫 모임부터 오랜 친구들을 만난 것처럼 분위기가 편했다. 선생님은 개러지밴드(GarageBand)라는 아이폰 어플리케이션으로 수업을 진행했다. 이 어플은 악기를 선택하고 아무 코드나 은근히 터치하면 자동으로 반복 연주해 주는 기능이 있었다. 악기와 화성학을 1도 모르는 사람도 제때 코드를 누르기만 하면 그럴싸한 반주가 막 생성되었다. 우리가 할 일은 그 반주 위에서 멜로디를 흥얼거리다가 마음에 드는 부분을 기억해내는 것이었다. 그러면 우당탕탕 작곡이 되고 노래가 되었다. 나는 유럽 여행 중 로마에서 혼자 걸었던 경험을 떠올리며 멜로디와 가사를 만들었고, 앞으로 죽을 때까지 공개할 일이 없을 것 같은 애절한 락발라드 <아피아 가도>라는 노래를 나름 진지하게 완성했다. 역시 사람은 명석 없고 부담 없는 은근한 분위기에서 진지해질 수도 있는 법이다.

짧은 워크숍이 끝난 이후에도 나는 개러지밴드와 매일 놀았다. 침대에 누워 악기를 추가하고 요리조리 바꾸다 보면 새벽빛이 밝아 오곤 했다. 한 번 만드는 것이 어려웠지 두 번은 겁나지 않았다. 나는 동네 친구와 자주 놀러 갔던 뒷산 배드민턴장을 모티브로 <오수 배드민턴 클럽>이라는 명곡을 연달아 만들었고, 또 당시 애인이 취미로 쓴 시에다가 멜로디를 붙여 기념일에 짠 하고 발표하여 애인의 눈물을 끌어내는 감동스러운 장면을 연출하기도 했다. 뿐만 아니다. 당시 소소하게 진행하던 팟

캐스트에 간단한 오프닝과 엔딩 곡을 만들어 저작권 문제를 즐겁게 해결했다. 가족, 친구, 애인에게 내 곡을 들려줄 때마다 하나같은 반응을 보였다. "꽤 그럴싸한데!"

그럴싸… 그 말이 참 듣기에 좋더라. 주변인으로부터 그럴싸하다는 칭찬은 취미로 뭘 하는 사람에게 최고의 찬사나 다름없어서 자꾸 들으면 주제넘은 오해를 하게 만드는 단점도 있다. 가령 '내 안에 숨겨진 작곡 재능이 가득 있는 것은 아닐까? 그간 이 우물을 파지 않았던 나의 게으름은 혼나야 마땅하지 않나?'라는 망상이 본격적으로 시작되었고, 마침 미술에 흥미를 잃고 있던 터라 하지 말아야 할 결심을 하고야 말았다. 난 작곡가가 돼야겠어. 버클리 음대 입시를 전문으로 하는 음악 학원은 낙성대역 근처에 있었다. 그 학원에 취미반으로 등록해 두 달가량 다녔다. 물론 인생은 예상대로 흐르지 않았고 상상과는 모든 것이 달랐다.

그럴싸하다는 평을 들었던 내 작곡 실력은 '그럴'이 빠진 분위기 '싸해지는' 능력이라는 것을 인정할 수밖에 없었다. 내가 문을 두드렸던 그 낙성대역 버클리 음악 학원은 실력자들이 모인 곳이라 누구도 날 칭찬하지 않았다. 취미반이라고 하지만 다들 내공이 있는 고수였다. 또 버클리 입시 교육을 하는 학원이라 그런지 마치 노량진 고시원을 연상케 하는 칙칙한 공기가 가득했다. 은근하게 작곡하고, 은근하게 칭찬받고, 은근하게 농담하는 분위기는 기대할 수 없었다. 수강생들은 수업이 끝나면 칼퇴를 기다리던 직장인처럼 번개같이 흩어졌다. '끝나고 맥주나 한잔 마실까요…?'라는 말을 건넸다가는 큰일이라도 날 것 같아서 입 밖으로 나오려는 말을 다시 삼키곤 했다. 내가 숙제로 해 간 결과물은 별다른 평가를 받지 못했고, 선생님의 칭찬을 독차지하는 놈들은 항상 정해져 있었다. 낙성대와 버클리의 간극만큼이나 어색한 관계, 그 사이 어딘가에서 어울리지 않는 무리에 잘못 합류한 철새처럼 겉을 배회하다가 깨달았다. 나는 작곡에는 싹수가 없구나! 추운 겨울이었다. 점점 흥미도 얼어붙었다. 착각의 늪을 빠져나와 빠른 포기를 선언할 줄 아는 것도 예술가에게 중요한 덕목이라 여기고 하얀 수건을 미련 없이 던졌다. 한동안 본업에 충실하며 살았다. 그런데 몇 년 후, 전혀 예상치 못한 인물이 등장하여 그 수건을 주워 와 내게 건넸다.

"너는 왜 남의 곡을 연주하니? 예술가라면 너의 곡을 연주해야지." 훅 들어온 멘트에 당황했다. 한동안 할 말을 찾지 못했다. 피아노와 영상 조합으로 만든 첫 작품을 개인전에서 선보였을 때 동네 친구 우덱이 찾아와 던진 말이다. 창작 분야에 종사하는 동료라면 아쉬운 점을 에둘러 표현하거나 혹은 좋았던 점만 선별하여 칭찬할 것이다. 적어도 면전에서는. 20년 지기 친구의 좋은 점이라면 개인전을 치르고 있는 작가를 향한 예우가 안중에도 없다는 것이다. 잽도 없이 바로 어퍼컷을 맞았다. 모든 연주자가 창작 곡을 연주하지는 않아, 정도로 대꾸하면 되었을 것을 나도 순간 흥분해 버렸고… 작가로서 절대 내뱉지 말아야 할 말로 반격했다. "참 네, 하! 야, 임마, 니가 예술을 알어!?"

무라카미 하루키의 에세이 《직업으로서의 소설가》를 보면 주변 지적에 하루키가 어떻게 반응하는지 나온다. 그 대목을 읽으면 왜 그가 세계적인 작가인지 알 수 있다. 하루키 소설을 좋아하지 않는 사람도 하루키가 소설을 대하는 태도만큼은 인정하고는 한다. 하루키는 퇴고 단계에서 지적받은 부분을 무조건 수정한다. 도저히 수용할 수 없는 지적이라도 그대로 두는 법은 없다. 지적받은 정반대의 방향일지라도 꼭 수정을 하고야 만다. 어찌 됐건 독자가 그 부분에서 뭔가 이상하다고 느낀 것을 존중하기 때문이다. 나는 하루키처럼 대인배가 아니어서 내 작품을 지적한 친구에게 좁쌀만 한 마음을 들켜 버렸지만, 이상하게도 잠들기 전에, 세수하기 전에, 버스를 탈 때, 하루 종일 친구의 말이 자꾸 거슬리고 떠올랐다. 하… 만들어야 되나? 열흘간 갤러리에서 피아노 연주를 하고 있던 나는 닷새째 퇴근하자마자 집으로 돌아와 음악들을 검색했다.

내가 따라 해 볼 만한 음악이 있을까. 멜로디가 너무 강하면 영상을 잡아먹는다. 영상 보조 역할에 충실한 음악이면서도 반복과 점층으로 이뤄진 음악적 구성을 따르는 그런 장르가 없을까. 무엇보다 만들기가 어렵지 않아야 한다. 최소한의 요소로 최대의 효과를 주는 방법은 뭘까. 떠오른 이미지는 미니멀리즘이었다. 미니멀리즘 미술을 이끌었던 리처드 세라나 도널드 저드의 작품을 보면 지극히 간단한 구조에서 뿜어내는 숭고함과 파워가 엄청나지 않았던가. 모든 예술 장르는 사조의 궤를 함께하는 법, 드뷔시가 음악에서의 인상파라면 피아노에서도 미니멀리즘이 있을 것이라 생각했다. (당연하지만) 있었다! 물론 단순화시키는 작업은 해당 분야에서 고도의 경지에 올라야 가능하겠지만, 속사정을 모르는 일반인들이 '저거 나도 하겠는데?'라고 만만하게 쳐다볼 수 있는 대상, 내게는 그런 것이 간절했다. 요약하면, '그럴싸'한 거.

밤을 새우며 레퍼런스를 모았다. 음악마다 마음에 드는 부분을 기억했다. 특히 필립 글라스의 음악을 줄기차게 들었다. 다음 날 갤러리에 일찍 출근해서 피아노 앞에 앉았다. 어려운 코드 진행은 애초에 알지도 못했다. 미니멀리즘답게 한두 가지 코드를 반복해서 쳐 봤다. 그 위에다가 이 음도 눌러 보고, 저 음도 눌러 봤다. 그냥 손이 가는 대로. 그러다 '뾰록'으로 괜찮은 음이 연달아 나오면 그것을 기억했다. 언제나 피아노 앞에서는 악보 노예의 삶을 살아왔는데 갑자기 주어진 손가락의 자유에 몸 둘 바를 몰랐다. 헤매다 보니 점점 전시 오픈 시간이 다가왔다. 그러나 아무도 찾지 않는 휑한 갤러리는 어제와 마찬가지로 익숙한 풍경이다. 부담 없이 하던 일을 계속했다.

결국 뭘 만들긴 했다. 그날 만든 곡은 나의 영상 <블라인드 필름>과 언제나 함께하고 있다. 이후 많은 곳에서 이 작품을 상영하고 연주할 기회가 있었다. 그간 관객 반응으로 미루어 짐작건대 이 곡은 내 영상에 어울릴

만큼의, 딱 그 정도의 역할은 해내고 있는 것 같다. 그럴
싸했으면 됐다. 더 바라지 않는다. 작곡 의뢰를 덜컥 수
락한 이면에는 이렇게 음악 서당개로서 쌓아 온 일천하
고 은근한 작곡의 역사가 있었다.

그러나 내 작품에 들어갈 곡을 만드는 것과 남의 작
업에 들어갈 곡을 돈 받고 작업하는 것은 차원이 다른
문제다. 부담을 덜기 위한 술수가 필요했다. 작곡 작업
을 수락하고 나서도 의뢰인에게 수차례 위협을 가했다.
망할 가능성이 농후하니 나를 절대 믿으면 안 된다고.
임지민 작가는 그래도 괜찮다며 신뢰를 보내 주었고,
"손으로 잡으려 할수록 빠져나가는 빛"을 표현해 달라
고 다시금 주문했다.

나는 작업에 앞서 인스타그램으로 작가의 그림과 영
상을 한 번 더 진지하게 관찰했다. 좌표 모를 과거를 회
상하는 이미지이지만 우울한 감각은 없다. 움켜쥐려 하
는 것을 자꾸 놓치지만 좌절은 보이지 않는다. 아버지
의 죽음이 창작의 주요한 모티브라는 것은 오래전에 들
어 알고 있었다. 몇 년 전 그의 그림을 처음 보았을 때는
갈팡질팡한 붓질에 불안한 내면이 보였었다. 자세히 보

니 지금은 확실히 달라졌다. 처리하기 쉽지 않았을 내면의 상처를 자신만의 서사로 장악해 나가고 있는 과정을 엿보는 듯했다. 마냥 슬프고 구슬픈 멜로디는 어울리지 않을 터였다. 오히려 명랑하고 희망적이었다. 그리움과 희망이 동시에 담긴 음악이면 좋겠다는 생각을 하며 있는 지식, 없는 지식 총동원해서 만들었다.

피아노 학원 선생님께 편곡 도움을 받은 뒤 작가에게 곡을 넘겼다. 결과는 나쁘지 않았다. 작가와 관객 모두의 반응이 괜찮았다는 말을 전해 들었다. 내 음악이 임지민 작가의 작품과 어울린다는 평을 들을 때마다 어깨가 우쭐해졌다. 피아노 언저리에서 머물렀던 내 경험이 남에게 쓸모가 있긴 있구나. 그러나 다음에도 내게 음악을 맡기고 싶다는 작가에게는 마음만 받겠다며, 다음에는 전문가를 찾아가 보시라는 말을 전했다. 그리고 의뢰인에게 돈 봉투와 선물을 받은 날, 일기를 썼다. "본캐가 은퇴하고 나니 족보 없는 부캐들이 등장해 얕은 실력으로 벌이는 인생의 소소한 이벤트들, 지켜보는 맛이 쏠쏠하다!"

아, 어디 모르는 사람들 틈에 들어가서 기웃거리고 싶다. 누군가 내게 "뭐 하시는 분이죠?"라는 말을 건넬 때까지 기다렸다가 답해야지. "아, 저는 작곡가입니다."

아저씨,

유튜브
하세요?

"무슨 일 하세요?" 이 질문을 받으면 난감해진다. 한 단어로 설명할 말이 없다. "제가 만든 영화를 상영하면서 동시에 라이브로 피아노 연주하는 일을 합니다. 가끔 글을 씁니다. (가끔 작곡도 하고요.)"라고 대답하기에는 충분하지 않을뿐더러(어떤 영화인지, 피아노로 어떤 곡을 연주하는지, '동시에'는 무엇인지 등등), 결정적으로 말이 너무 길어서 눈치를 보게 된다. 정말 궁금해서 물어본 것인지 가볍게 인사치레로 건넨 질문인지 파악해야 하는데, 대체로 후자여서 머뭇거리다가 "그냥 뭐 이것저것 합니다."라고 수배 중인 탐정처럼 답할 때가 많다.

전자인 경우에는 내가 설명을 하면 "종합 예술인이네!"라는 말이 되돌아올 때가 많은데, 내색하지는 않지만 사실 좋아하는 단어는 아니다. 요즘에는 장르를 넘나들며 창작하는 예술인이 얼핏 봐도 오조오억 명쯤 되기 때문이다. 상황이 이러한데 특별히 단어까지 만들어 명명할 필요가 있을까. 그리고 또 하나의 이유, 종합 예술인이라는 말을 들으면 왠지 바로 그 자리에서 "김삿갓 삿갓 삿갓!"을 외쳐야 할 것만 같다. '종합 예술인'은 가수 홍서범이 자신을 설명하며 최초로 방송에서 쓴 단어이고, 특별히 홍서범에 대한 악감정은 없지만, 그 단어에서 특정 인물이 강하게 떠오른다는 점이 아쉽다.

가끔 '미디어 아티스트'라고 소개할 때도 있다. 그러나 이 말은 의미하는 범주가 워낙 넓다. "그래서 뭘 하신다는 거죠?"라고 같은 질문을 두 번 받아야 해서 마땅치가 않다. 그냥 다 포기하고 "예술 잡상인입니다."라고 소개하고 다닌 시기도 있다. 가수 김목인의《직업으로서의 음악가》에서 예술가 모두 자신을 1인 가게라고 생각하고 입간판을 걸어 보자는 제안에 생각난 단어였다. 특별히 전문성도 없고 웨이팅도 없고 단골도 없지만, 그냥 이것저것 섞어서 많이 파는 가게 주인, 김삿갓, 아니 예술 잡상인.

명명의 어려움은 내 작업을 소개할 때도 이어진다.

"작가님의 작업을 뭐라 소개해야 할까요?"라는 기획자의 물음에 답하기가 쉽지 않다. 그간 많은 시도를 했다. 피아노와 다큐멘터리의 합성어 '피아노멘터리', 연주와 상영을 묶은 '연주상영', 퍼포먼스 미술 씬에서 나와 유사한 작업을 호명하는 '오디오 비주얼 퍼포먼스', 독주회를 뜻하는 리사이틀과 비디오를 결합한 '비디오 리사이틀' 등…. 그러나 그 단어들은 모두 내 작업을 조망하지 못하거나, 너무 멋없거나, 혹은 너무 어렵거나, 좋긴 하지만 계속 쓰기에는 애매했다. 결국 행사를 치를 때마다 새로운 이름을 조합해야 하는 어려움이 있다.

도대체 뭐가 좋을까? 좀 거창하게 필름 콘서트? 그냥 맹숭맹숭하게 미디어 아트? 간지나게 스크리닝 퍼포먼스? 아니면… 김삿갓 쇼? 도무지 모르겠다. 또 고민해야 할 때가 왔다. 너무 눈을 오래 감고 있었나. "작가님? 작가님?" 날 부르는 소리가 들린다. 회의 테이블 건너편에서 기획자가 내게 묻고 있다. "그래서 이번 개인전 제목 뭐라고 해야 좋을지 생각해 보셨어요?" 글쎄요… 허공만 바라봤다. 그러나 대화와 침묵, 의미 없이 끄적이는 낙서, 이 3요소가 쌓여 일정 비율로 조합되면 아이디어는 솟아오르기 마련이다. 누군가가 말했다. "이거 어때요? 수행적 의미에서 피아노는 굉장히 중요한 것 같아서 맨 앞에 넣고요, 여러 세계를 영상으로 보여 준다는 점에서 프리즘, 합해서 피아노 프리즘!" 덥석 물었다. 2020년 늦은 봄, 홍대 앞 미디어극장 아이공에서 열린 내 여섯 번째 개인전 제목은 그렇게 <피아노 프리즘: 보이지 않는 도시들>로 정해졌다.

이탈로 칼비노의 소설《보이지 않는 도시들》에서는 이 세상에 존재하지 않는 환상의 도시 55개가 소개된다. 절벽 사이에 밧줄로 매달린 도시, 저승과 이승이 톱니바퀴처럼 돌아가는 도시, 관계가 너무 복잡해질 때마다 옆 도시로 모두 이주해서 새로운 정체성을 도모하는 도시 등 "입구와 출구가 여러 갈래로 만들어진 소설"을 쓰고 싶었다는 저자의 바람은 적중했다. 현시대까지 독자의 상상력을 끝없이 자극하는 매력 만점 텍스트다.

이 책을 읽고 이야기 속 도시를 하나씩 작품화했다. 처음에는 그림으로만 그렸다가, 슬며시 그림에 텍스트를 넣어 보았다가, 이후 설치물을 만들어 그 위에다가 그림을 투사하는 영상 작업으로 바뀌었고, 결국 피아노 연주와 함께하는 공연 방식으로 완성되기까지 6년의 시간이 걸렸다. 긴 시간이 걸린 만큼 작품 속 도시를 대하는 태도도 처음과 달라졌다. 판타지로 대했던 도시들은 점점 현실을 은유하는 강력한 메타포로 다가왔다. 어떤 도시에서는 세월호가 읽혔다. 제주가 보였다. 또 환경 문제가, 고인이 된 노동자 김용균 씨가, 불평등에 저항하는 장애인이, 소수자들이 연대하는 모습이, 그 사이에서 방황하는 나의 자화상이, 갓을 쓴 김삿갓이(이제 그만…) 느껴졌다.

소설의 도시들을 공상 속 존재가 아닌 현실 그 자체로 해석하게 된 것은 피아노 때문이다. 작업실에서 피아노 학원을 가려면 광화문 광장을 걸어서 가로질러야 한다. 어딘가 억울한 사람들이 시위하는 그 짧은 구간을 매일 지나치다 보면 이 풍경이야말로 '보이지 않는 도시'가 아닐까 하는 생각이 들곤 한다. 칼비노의 도시들은 외딴곳에 있지 않았다. 보려고 마음만 먹으면 한 도시에서도, 한 장소에서도 55개의 도시를 모두 발견할 수 있었다. 이번 개인전은 그 결과물이다.

개인전 <피아노 프리즘: 보이지 않는 도시들>은 보이지 않는 바이러스가 세상을 지배한 코로나 시대에, 마스크를 쓴 얼굴 보이지 않는 관객들과 보름간 함께했다. <더 하우스 콘서트>에서 주최한 <비디오 리사이틀> 공연은 내 인생에 두 번 없을 값진 경험이었지만 심리적으로 낯선 장소였고 정해진 환경에서 최선을 다하면 되는 것이었다. 하지만 축구 선수가 홈구장을 편안하게 생각하듯이 미술 전시장은 내게 그런 곳이다. 특히 개인전은 작가 마음대로 장소를 주무르고 바꾸고 꾸밀 수 있다. 전시장 벽 색깔, 그리고 조명의 종류, 조도, 위치를 의도에 맞게 바꿨다. 또 피아노에도 작은 오브제와 천을 이용하여 미술적 장치를 더했다. 일반적인 피아니스트라면 하지 않을 이런 일을 미술가인 나는 한다.

또 이번 개인전을 위해 헤어 샵에서 아이돌처럼 허옇게 탈색을 하고, 빈티지 샵에 가서 시뻘건 블라우스를 샀으며, 온라인 쇼핑몰에서 반짝이는 화려한 귀걸이를 주문했다. 평소라면 절대 시도하지 않았을 과감한 패션은 연주자 역시 무대 연출의 주요한 대상으로 생각했기 때문이었다. 이 공연의 연주자는 오재형이 아니다. 보이지 않는 도시들을 여행하고 온 소설 속 인물, 어딘가 이국적인 모습의 마르코 폴로였다.

만반의 준비를 마쳤지만 두 가지 두려움이 있었다. 하나는 공연할 때마다 진이 빠지는 이 무대 울렁증을 가지고 무려 15일 연속으로 공연한다는 것이 가능할 것이냐는 고민이었고, 다른 하나는 원래도 텅 빈 미술 전시장에 코로나가 겹쳐 과연 관객이 얼마나 올 것인가 하는 걱정이었다.

공황장애가 재발하는 줄 알았다. 두 다리에 얼마나 힘 주고 연주를 했는지 허벅지가 부들부들 떨려오는 것이 중간부터 느껴졌고, 정신은 혼미해졌으며, 심장은 가슴을 찢고 튀어나올 뻔했다. 무대 경험이 없는 것도 아닌데 도대체 매번 왜 이럴까. 심지어 스태프를 객석에 앉혀 놓고 진행한 최종 리허설에서 이런 상황이라면 본 공연에서는 기절하는 거 아닌가. 오픈 하루 전날 심하게 좌절했다.

이렇게 무대 공포증에 덜덜 떨면서도 꼭 지키고 싶은 공연 원칙이 있었다. 한 사람의 예외 없이 관객에게 내가 정한 입장료를 받는 것이었다. 비용을 지불하고 타인의 창작물을 감상하는 그 당연함이 왜인지 미술 전시장에는 적용될 기미가 보이지 않는다. 초대권을 만들어 뿌리지 않는다거나 지인을 특별히 할인해 주지 않겠다는 원칙도 있었다. 지인을 우대하기 시작하면 공연가는 망하기 십상이라는 진리를, 영특한 나는 초장부터 알아차렸다. 사실 <더 하우스 콘서트>에서 공연하며 그곳의 운영 철학에 격하게 동의하여 이어받은 생각이었다. 지인이니까 특별하게 '특별 인상가'로 모실까 하다가 너무 급진적이라 관두었다. 어쨌든 교양 충만한 내 관객들은 한 사람도 이에 불만을 제기하지 않았다.

물론 내가 정한 입장료로 전일 전석 매진이 된다고 하더라도, 여기에 전시 주최 측에서 주는 아티스트 피(artist fee)를 더하더라도, 개인전에 공들인 모든 시간과 비용을 더해서 손익을 계산하면 마이너스다. 그럼 더 비싸게 받으면 되지 않겠냐고 궁금해하는 사람에게 답하겠다. 그럼 많이 비싸요. 아무도 안 올 거예요. 나는 그저 미술 전시장에서 돈 내고 돈 받는 연습을 관객과 서로 해 보고 싶었다. 관객의 입장료가 작가의 수익으로 이어지는 문화가 정착되길 바라는 미술인으로서 말이다. 실제로 동시대 미술가들이 본전은커녕 손해만 잔뜩 보는 것이 개인전이다. 바늘구멍 같은 지원 사업 공모에 당선되어 지원금을 받는 사람도 결코 예외는 아니다.

게다가 착하고 순진한 우리 작가들은 텅텅 빈 전시장에서 허공을 바라보다가 문득 손님이 오는 것만으로도 황송하여 관객에게 되레 밥도 사고 커피도 쏘고 술도 대접하느라 잔고가 남아날 일이 없다. "개인전 하는 사람이 죄인!"이라는 농담은 내가 자주 하고 다니는 말이다. 작가들아, 우리 이제 와 준 것만으로도 고맙다는 표정 그만 짓자. 차라리 짝다리를 짚고 입장료를 안내하는 사람이 되자. 부디 우리 죄인이 되지 말자.

15일간의 개인전 기간 동안 매일 용기를 내어 피아노 앞에 앉았다. 떨림이 완전히 사라지는 것은 아니었지만 날이 갈수록 그 떨림에 익숙해지긴 했다. 7일차가 되자 누가 툭 건드리기만 해도 바로 연주를 시작할 수 있는 공연 기계로 변신하고 있었다. 10일차가 되자 아침에 일어나 씻고 버스를 타고 전시장에 출근하는 일, 두 시간 가량 연습을 하고 밥을 먹고 관객을 맞이하는 일이 특별한 이벤트가 아닌 평범한 일상이 되어 가는 느낌이었다. 원래 그렇게 살았던 사람처럼. 13일차가 되자 틀릴까 봐 조마조마, 콩닥콩닥하지 않고 오직 음악에만 빠져 피아노를 연주하는 것에 성공했다. 또 실전은 연습에 비해 항상 불만족스럽기 마련인데, 역으로 공연이라는 긴장감 속에서만 가능한 연주가 있다는 것도 어렴풋이 깨달았다. 오픈할 때만 해도 텅텅 비어 있던 예매 페이지는 점점 차더니 결국 전일 전석 매진이라는 사랑스러운 스코어를 기록했다.

기억에 남는 관객들이 있다. 내 공연을 한 번 보고서는 친구들을 데려와 소개하는 관객, 2차, 무려 3차 관람을 하는 관객(두 분이나!)이 있을 줄은 상상도 못했던 일이다. 이들의 존재는 그냥 나 하고 싶은 것을 계속해도 좋다는 메시지였고 든든한 보증서였다. 구석탱이에서 판을 벌이는 사람이 있다면, 변방으로 찾아와 이 무명의 예술가에게 열렬히 응원을 표하는 관객도 있다는 사실, 감동하지 않을 수 없었다. 가장 기억에 남는 관객은 어머니와 함께 온 중학생이었다. 몇 해 전 제주도에서 우연히 만난 이들은 개인전 소식을 듣고 와 주었다. 공연전에 인사를 나눴다. 중학생 아들이 최근 피아노를 배우고 있다며 어머니는 내게 말했다. "피아노를 전공하지 않아도 이렇게 관객을 초대해서 공연하는 사람이 있다는 것을 아들에게 꼭 보여 주고 싶어서 데려왔어요." 공연이 끝나자 중학생은 내게 수줍게 다가와서 감상평 대신 이런 질문을 건넸고, 그 말을 듣고서야 내 개인전의 성공을 체감했다.

"아저씨, 유튜브 하세요?"

프로코피아

　2014년 4월, 진도체육관에 도착해서 보았던 광경을 떠올려 본다. 실내 바닥을 온통 뒤덮은 색색의 알록달록한 이불 이미지는 눈을 어지럽게 했다. 나뿐 아니었다. 그곳에 있던 모든 사람이 어딜 봐야 할지 몰랐고 초점을 맞추지 못했다. 말을 꺼낼 수 없었고 들어야 할 귀에는 침묵만 이어졌다. 햇살 좋은 날이었다. 팽목항에서 바다 쪽으로 의자를 놓고 앉아 있던 유가족의 뒷모습을 잊을 수 없다. 앞모습도 뒷모습과 다르지 않았다. 얼굴을 가질 수 있는 자 아무도 없었다. 그해 광화문 광장에서 세월호 진상 규명을 위해 열흘 동안 단식하던 정치인은 2년 후 대통령이 되었다. 2019년 12월, 2020년 3월에 연이어 희생자 유가족이 자살했다. 죽어야 할 이유가 없는 사람들의 죽음이 계속되고 있다.

테클라

　2015년 1월, 해군기지 공사로 앓던 제주 강정마을에 행정대집행이 예고되었다. 행정대집행이란 '무단 점거'라고 국가가 판단한 사항에 용역을 불러 점거자들을 물리적으로 몰아낸다는 뜻이다. 예고된 집행 날의 전날 밤, 강정마을을 방문했다. 사람들은 현장에서 3층 높이의 철로 된 구조물을 다급하게 올리고 있었다. 내일 동이 트면 우리가 견고하게 쌓았던 것들이 저들에 의해 풍비박산 날 거라는 예상을 하지 못하는 사람은 없었다. <레미제라블>의 바리케이드처럼, 5·18의 시민군처럼 그렇게 무너질 예정이었다. 그럼에도 우리는 손에서 손으로 자재들을 옮겼다. 허술하고 튼튼한 구조물이 쌓이는 사이 별안간 눈이 내렸다. 누군가는 모닥불을 피웠고 누군가는 어딘가를 향해 절을 했다. 그 밤을 기억한다.

옥타비아

사람이 먼저다? 사람이 먼지다. 곡기를 끊고 억울함을 호소하는 사람들이 있다. 자신을 파괴함으로써 투쟁하는 방법은 최소한 인간 존엄성이라는 가치를 모두가 믿고 있을 거라는 세계를 가정해야만 유효하다. 그러나 노동자 김용균의 경우처럼 사람이 기계에 갈려도 태연하게 노동을 지시하는 시대가 아닌가. 인간 목숨은 최후의 보루조차 될 수 없다. 이 사실을 모르는 사람은 없다. 그럼에도 단식, 고공 투쟁을 강행하는 이유가 뭘까. "비존재보다는 차라리 재난이 낫다."는 바디우의 문장을 떠올려 본다. 재난을 택함으로써만 투명한 존재에서 필사적으로 벗어날 수 있는 사람들, 몸을 파괴해야 몸을 얻는 사람들. 그들이 꿈꾸는 세상, 그렇게 어려울까.

페렌치아

어느 해 4월 20일(장애인의 날)에 엄마와 나는 세종대로에서 신호등을 기다리고 있었다. 휠체어 탄 장애인들은 일시에 거리를 점거했다. 그리고 스프레이로 바닥에 글씨를 남기고 사라졌다. "같이 삽시다." 이 도시는 장애인을 동등한 시민으로 대우하는 대신에 고립된 시설을 만들어 한꺼번에 가두기를 선택한다. 영화감독이자 정치인 장혜영은 말한다. "흔히 우리 사회를 기울어진 운동장이라고 하죠. 하지만 그곳에 입장조차 하지 못하는 운동장 밖의 존재들도 있습니다." 그 존재와 가까운 곳에 엄마와 내가 있다. 어느 날 엄마는 뇌졸중으로 쓰러져 신체장애를 갖게 되었고, 뒤이어 나는 공황장애를 겪었다. 그간 한 번도 생각해 보지 않았던 '장애의 세계'를 관심 있게 들여다보고 있다.

제노비아

자고 일어난 사이 또 누군가의 삶이 철거되었다. 한 장소에서 20년 넘게 꾸려 왔던 길거리 상인들이 표적이 되었다. 민원의 주인공은 바로 옆 아파트 주민들. 미관상 아름답지 않음이 그 사유였다. 사회는 신속하게 이웃의 삶에 불법 선고를 내렸다. 삶이 삭제된 자리에는 그 장소를 다시 점유하지 못하도록 커다란 화분이 들어섰다. 화분에 피어 있는 예쁜 꽃을 보며 생각했다. 누가 사람이 꽃보다 아름답다고 했던 거 같은데. 비슷한 시기, 또 다른 곳에서는 대낮 골목길에 이

불을 깔고 누워 공사 차량을 저지하는 주민을 목격하기도 했다. 그 자리에는 아파트가 들어섰다. 한 번도 마주칠 기회가 없었던 사람들은 사라질 때가 되어서야 비명으로 존재를 알리고 자취를 감춘다.

아르지아

간밤에 말이 너무 많았나. 지난 술자리를 후회한다. 왜 갑자기 짧은 순간 열변을 토했나. 행동으로 실천하지도 않는 의제에 관해 마치 오랜 기간 숙고해 온 사람마냥 옳은 말들을 너무 쏟아 냈다. 책에서 본 내용들, 어디서 보기만 했거나 듣기만 했던 멋있는 말들, 국가폭력, 젠더, 장애, 성소수자 등 이런 문제가 중요하다고, 오직 말로만 이루진 세계 안에 편안하게 거주하는 스스로를 바라보며 묻는다. 너 그럴 자격이 돼? 20대 후반의 나는 골방 예술가를 벗어나 부당한 사회를 바꾸려 거리로 뛰쳐나온 현장 예술가를 동경했다. 내 방향도 그쪽일 거라 확신했다. 거긴 뜨거웠다. 그러나 뜨거움이 지나가자 내 진짜 모습을 보았다. 나는 요즘 좁은 방에 스스로를 격리시키고 피아노만 친다. 이런 나도 액티비스트일 수 있을까.

베르셰바

사람들은 볼 만한 것들을 관광하고 간직할 만한 것들을 기념한다. 관광과 기념의 기준은 생각보다 단순하지 않다. 1950년대 미국 네바다에서는 핵 실험 장소가 관광 상품이었다.

버섯구름을 보며 사람들은 환호했다. 나라 전역으로 생중계도 했다. 원자폭탄 관련한 기념품도 제작되어 널리 판매했다. 사람들은 무엇을 관광하고 있는지 몰랐다. 우리는 어릴 때부터 "순국선열과 호국영령에 대한 묵념"을 했다. 전쟁기념관은 그 묵념의 대상을 기념하고자 만든 장소다. 최근 이길보라 감독의 다큐멘터리 <기억의 전쟁>을 봤다. 한국군에 의해 가족이 몰살당한, 민간인 학살 생존자 응우옌 티 탄이 나온다. 그는 용기를 내어 베트남에서 한국으로 건너와 사과를 요구한다. 응답은 없다. 우리는 무엇을 기념하고 있었을까.

에우메피아

이야기는 인간을 지배한다. 비참에 빠뜨리는 것도 구원하는 것도 이야기다. 얀 마텔의 《파이 이야기》처럼 날 이끌어 줄 더 좋은 이야기가 필요하며 친구에게 선한 영향력을 끼칠 이야기, 고통스러운 순간에 비상식량처럼 꺼낼 무기 같은 이야기도 꼭 구비해서 냉장고에 고이 간직해야 한다. 유통기한이 지난 이야기는 봉투에 넣어 폐기해야 하며, 어떤 이야기로부터는 사력을 다해 빠져나와야 한다. 이랑의 노래 가사처럼 "사람들은 여전히 좋은 이야기가 나오길 기다리고" 있는 이유다. 이야기는 명사이면서 동사다. 너의 이야기가 나의 이야기가 되는 순간이 있을 것이다. 그러면 우리는 레이먼드 카버의 《대성당》 등장인물처럼 전혀 다른 삶을 살아왔던 이들이 함께 펜을 잡고 커다란 형상을 그려 볼 수도 있지 않을까.

여기까지
가져온

피아노뿐

작은 병원에서 한 의사가 뒷정리를 하고 있다. 갑자기 초인종이 울린다. 이미 퇴근 시간을 훌쩍 넘어선 늦은 시각이라 문을 열어 주지 않는다. 다음날 의사는 한 소녀의 사망 소식을 듣게 된다. 또 그 소녀가 어젯밤 초인종의 주인공이라는 것도 알게 된다. 의사는 소녀의 사진을 휴대폰에 담는다. 그리고 가능한 모든 수단과 방법을 동원해서 소녀의 정체와 사망 원인을 추적해 나가기 시작한다. 이 과정에서 의사는 사람들의 협박과 무관심, 그만 좀 하라는 경찰의 충고까지 무시하고, 심지어 의사 커리어에서 진급의 기회까지 포기하며 소녀의 진상 규명에 매달린다. 의사는 시종일관 무표정을 유지하지만 오로지 행동으로 집요함을 보여 준다.

문을 열지 않았던 의사에게 소녀의 죽음에 대한 책임을 물을 수는 없다. 하지만 의사는 그런 상황에서 누구나 가질 법한 얕은 죄책감 너머의 책임감을 스스로 부여하고, 결국 진상 규명에 성공한다. 다르덴 형제가 만든 영화 <언노운 걸>의 스토리다. 엔딩 크레딧이 나올 때 들리는 무심한 도시의 소음은 어떤 배경 음악보다 더 의미심장하다. 현실로 이어지는 통로 역할을 한다. 그래서 극장을 빠져나와도 영화는 끝나지 않는다.

살면서 내 귀에도 가끔 초인종 소리가 선명하게 들려올 때가 있다. 초인종을 누른 '언노운 걸'은 (강남역 살인 사건처럼) 한 명, 때로는 (세월호처럼) 수백 명이기도 하다. 명백한 부조리, 가해자들의 천국, 사회의 야만성을 마주하며 좌절한다. <언노운 걸>의 의사였다면 좌절에 그치지 않고 사건 해결을 위해 자신이 할 수 있는 총력을 기울였을 것이다. 실제로 그런 사람들이 세상에는 많다. 존경스럽다.

나는 어떤가. 현장을 방문하고 집회에 몇 번 참여한 경험은 있다. 그러나 이제 들끓는 분노를 해소하고자 현장에 달려가는 사람은 아니게 되었다. 반복되는 참상을 목격할수록 분노의 농도는 떨어지기 마련('세상은 원래 이래')일까? 그 이유뿐만은 아니다. 결국 내면에서 '당사자'와 '나'를 구분하게 된다. 내 일상이 침범당하지 않는 선에서만 있으려는 나의 태도는 '그들'과 끝까지 갈 수 없게 만든다. 어차피 이슈가 지나면 관심에서 멀어지게 될 텐데, 괜히 설레발치지 말자고 생각한다. 이럴 때면 내 감정을 대변해 주는 노래를 찾아 듣는다. 캐비닛 싱얼롱즈의 <여기까지 가져온 노래뿐>.

물론 누구도 끝까지 같이 갈 순 없죠
그걸 알면서도 지금 이렇게 길 위에
물론 누구도 끝까지 같이 갈 순 없죠
그걸 알면서도 생각하죠
지금 걷고 있는 이 길
머리 위로 물든 하늘
내가 당신에게 들려줄 수 있는 건
여기까지 가져온 노래뿐

　　나는 이 노래를 강제 철거될 위기에 놓인 서대문 옥바라지 골목에서 라이브로 처음 들었다. 노래는 아름다웠다. 폐허로 변해 가는 그 좁은 골목, 노란 불빛 아래 사람들이 삼삼오오 모여 같이 노래를 듣던 그 풍경은 영원히 잊지 못할 것이다. (그렇지만 결국 사람들은 쫓겨났고 마을은 사라졌다.) 또한 가사를 들으며 나 같은 생각을 하는 사람이 생각보다 많다는 사실에 느껴도 될지 모르는 위안도 챙겼다. 여기까지 가져온 노래뿐이라고 말할 수 있다면, 나도 별 볼 일은 없지만 들려줄 게 있다. 좁은 방에서 연습한 피아노라도 괜찮다면 말이다. 한 해에 고작 두세 번 작은 무대에 서는 것이 전부이지만 나는 현실에서 해결되지 않은 일들과 기억해야 할 일들에 대한 메시지를 담아 매년 연주한다.

내 연주가 누군가에게 도움이 될까? 그럴 리 없다. 이 연주 행위의 효용과 쓸모를 그려 본 일조차 없다. '그걸 알면서도' 하게 된다. 사회적 부조리를 내 문제로 여기는 시민의식 때문인지 아니면 작가로서 나의 입신양명을 우선에 둔 것인지 가끔 분간되지 않아 괴롭지만, 이거 하나는 분명하다. 이른바 '직접 행동'으로 끝까지 연대할 수 있겠냐고 묻는다면 조용히 고개를 돌리겠지만 피아노 치는 일 하나만큼은 끝까지 할 자신이 있다. 앞으로도 기회가 닿는 대로 연주하고 상영할 계획이다. 여기까지 가져온 것이 피아노뿐이겠지만.

피아노
앞에서는
　　　차별이
없기를

피아노 좋아하는 사람들과 교류하려고 SNS 계정을 따로
만들었다. 내 연주도 올리고 다른 사람들의 연주도 감상
한다. 어느 날 피드를 생각 없이 올리다가 손가락을 멈췄
다. 보통은 대단한 연주를 발견했거나 흥미로운 피아노
콘텐츠가 눈길을 끌었기 때문이겠지만 이날은 아니었다.
속으로 한숨을 푹 쉬었다. 두 사람이 나란히 앉아 피아노
를 치고 있는 연주회 사진이었다. 사진은 아무런 문제가
없었다. 다만 연주 이벤트를 개최한 것으로 보이는 계정
이 그 사진을 설명하는 방식이 꽤 거슬렸다. "시각장애
를 딛고 일어난 피아니스트", "시각장애를 앓고 있는 아
무개 씨와", "많은 어려움 속에서도 포기하지 않고" 등의
불편한 수식어가 찌든 때처럼 붙어 있었다. 지금이 21세

기인데… 이런 표현은 한 번 더 생각해 보면 어땠을까.

글쓴이가 나쁜 의도를 품었다고는 의심하지 않는다. 이 사회가 장애인을 재현하는 통상적인 이미지에 대해 단 한 번도 진지하게 생각해 본 적이 없는 사람의 '순수하고 선량한' 문장이었다. 그의 상식으로는 이 글이 아무런 문제가 없었을 것이다. 그러나 나는 이렇게 사소한 문장 하나 지나치지 못하는 예민한 사람이 되어 가고 있어서인지 황정은 작가의 소설 《디디의 우산》에서 읽은 문장을 곧바로 떠올렸다.

한 사람이 말하는 상식이란 그가 생각하는 면보다는 그가 생각하지 않는 면을 더 자주 보여 주며, 그의 생각하지 않는 면은 그가 어떤 사람인가를 비교적 적나라하게 보여 주는데 당신은 방금 너무 적나라했다고 말해 주고 싶다고. 그렇지 적나라. 그 광경은 마치 투명한 창을 통해 보이는 남의 집 베란다처럼… 우리는 왜 때때로 베란다를 청소하듯 그것을 점검해 보지 않는 것일까.

문제는 장애를 대하는 전형성이다. 장애는 항상 앓고 있거나 딛고 일어나야 할 불완전한 대상으로 묘사된다.

이렇게 선량한 의도로 쓴 글도 차별이 될 수 있다. 장애인을 비장애인의 기준에 빗대어 판단하고 장애를 언제나 '극복 서사(비장애인 되기)' 안에 가두기 때문이다. 극복의 조건에서 애초에 제외되거나, 혹은 장애 자체를 자신의 정체성으로 삼고 당당히 살아가는 장애인에게 이런 표현은 대단한 실례가 된다. 이런 표현이 가능한 근저에는 '정상성', '표준 인간'이라는 강력한 허상의 이데올로기가 자리 잡고 있다.

우리는 각기 다른 신체적 조건으로 피아노 앞에 앉아 연주한다. 한 옥타브가 겨우 닿는 짧은 손을 가진 사람이 있는가 하면 드물게 라흐마니노프처럼 13도를 한꺼번에 누를 수 있는 긴 손을 가진 사람도 있다. 또 어떤 사람은 다섯 손가락이 아니다. 어떤 사람은 키가 작고, 어떤 사람은 키가 크고, 어떤 사람은 몸무게가 많이 나가고, 어떤 사람은 몸무게가 적게 나간다. 눈이 잘 보이는 사람도, 보이지 않는 사람도, 귀가 들리는 사람도, 들리지 않는 사람도 있다. 신체적인 조건을 넘어서 심리적인 부분도 모두 다르다(나처럼 공황장애 이력이 있는 사람일 수도 있고).

장애인과 비장애인의 이분법적 구분도 간편하게 개념

화하기 위해 사회에서 발명해 낸 것이다. 인간의 조건은 스펙트럼과 같아서 몇 개로 분류할 수 없다. 그래서 피아노 앞에서는 누구나 풀어야 할 각자의 숙제가 있다. 당연한 이야기다. 우리의 몸은 다 다르니까. 그런데, 신체 조건이 자신과 다르다고 해서 타인을 함부로 '앓는다'라고 묘사하는 것은 심히 무례한 표현이 아닌가? 또 한 사람에게는 수많은 정체성이 있는데 '장애인'이라는 수식만으로 호명하는 것도 보이지 않는 권력관계를 바탕으로 사회적 소수자에게 슬쩍 행해지는 폭력은 아닐까?

나는 시력이 상당히 나쁘다. 안경을 벗으면 테이블 너머의 사람 얼굴이 인식되지 않을 정도로 흐릿하다. 조금만 더 수치가 높았으면 현역 판정을 못 받았을 정도다. 만약 갑자기 안경이 없어진다면 버스도 제대로 타지 못할 것이고 사람도 알아보지 못할 것이다. 일상생활에 굉장한 어려움을 느낄 것이다. 그러나 단언컨대 나는 타고난 내 시력을 원망하거나 '더 좋았으면 어땠을까?'라고 한 번도 생각해 본 적이 없다. 라섹이나 라식 수술을 고려한 적도 없다. 오히려 이런 시력이 있기에 가능한 그림을 그려 화가로 활동했다. 불현듯 맨눈으로 진지하게 바라본 자연 풍경은 충격적일 정도로 새로웠다.

안경을 벗으면 세계는 오로지 순수한 색의 덩어리로 다가왔다. '나쁜' 시력은 색을 즐겨 쓰는 나 같은 화가에게는 최적화된 감각을 선사해 주었다. 2011년에 열린 나의 두 번째 개인전 제목은 나의 시력 수치를 따서 지었다. <-8.5의 감성>.

만약 내 시력이 장애라고 규정된 사회이고, 누군가 내 전시에 와서 이런 감상을 늘어놓았다면 어땠을까. "아이고 작가님… 많은 어려움 속에서도 포기하지 않고… 평소 앓고 있는 장애를 딛고 일어나서 좋은 그림 그려 주셨네요." 나는 앓지도 않았고 딛고 일어나지도 않았다. 장애를 불행으로 규정하고 그 고통을 예술로 승화시킨 눈물 어린 극복 서사에도 해당하지 않는다. 그냥 내 조건에서 최적화된 상태를 찾아 그림을 그렸을 뿐이다. 많은 어려움은커녕 시력은 내 그림을 구성하는 가장 중요한 구성 요소다.

어떤 세상에 살고 있느냐에 따라서 신체의 생물학적 손상은 사회적으로 호명하는 장애와 필연적으로 연결되지 않는다. 또한 신체적 손상이 어떤 이에게는 개인적으로도 '당연하고도 불쌍히 여겨야 할 약점'이 아닐 수 있다는 생각을 해 본다. 나는 그 생각을 상상력이라 부른다. 피아노 앞에서도 마찬가지가 아닐까?

장애인은 흔히 영어로 'disabled people'로 번역된다. 그러나 김도현 작가의 《장애학의 도전》이라는 책을 보면 이제는 영어권 일각에서도 'disabled'라는 부정적 뉘앙스를 사용하지 않기로 하고, 대신 'diffrently abled people'이라는 멋있는 표현을 쓰는 사람들이 최근 생겨나고 있다고 한다.

타인과의 차이를 약점 아닌 자원으로 삼는 영역은 무엇보다 예술이다. 피아노를 비롯한 악기의 세계에서도 마찬가지다. 다른 몸은 다른 연주를 가능하게 한다. 세계적인 콩쿠르에서 우승자의 기준이 여전히 비장애인을 '표준 몸'으로 삼고 있다는 데 의문을 품어야 한다. 이 의문에서 비롯된 상상력이 활개를 치면 예술을 평가하는 전혀 다른 차원의 비평적 토대가 문화 전반에 건설될 것이다. 이를 위해서는 먼저 각자의 몸이 재현할 수 있는 감각을 존중할 줄 알아야 한다. 다른 신체 조건을 가진 사람 앞에서 유난 떨지 않아야 한다. 이를 아는 사람이라면 창의적인 예술가와 훌륭한 관객의 조건을 이룬 것이다.

나 역시 빨리 그런 사람이 되고 싶다. 한 명의 피아니스트로서, 화가로서, 영화감독으로서 바라는 것이 있다.

비장애인의 시선으로 세상을 재단하고 차별하는 일, 적어도 예술의 영역에서 "베란다를 청소하듯" 가장 빨리 사라졌으면 좋겠다.

누나와
　　　나의

역마살

누나는 히피다. 전 세계를 떠돌아다니며 여행을 한다. 누나에게 여행은 도피나 이벤트가 아니라 그냥 삶 자체다. 처음부터 그랬던 건 아니다. 20대를 훌쩍 넘긴 어느 날 가출해서 홍대 근처에서 살다가, 제주도로 한 달간 무전여행을 하더니, 이윽고 어학연수를 핑계로 호주로 간 것이 시작이었다. 나무 위에 집을 짓고, 텐트를 치고, 지역의 히피 공동체를 찾아 생활한 지 10년이 넘었다. 누나가 기나긴 첫 여행을 마치고 한국에 잠시 왔을 때 엄마는 비명을 질렀다. 팔과 등에는 알 수 없는 기호로 문신이 가득했으며, 머리카락이 있어야 할 자리에는 차라리 나무뿌리라고 부르는 것이 더 나을 만한 덩어리가 얹혀 있었다.
　마침 내 개인전에 놀러 온 누나를 보고 관람객들은 말

했다. "작가님, 안녕하세요." 자연산 레게 머리, 달 문신 여섯 개가 색깔별로 새겨져 있는 팔, 독수리 문양을 직접 바느질해서 입은 조끼 등 누가 봐도 외모상 '작가님'은 내가 아니라 누나라는 것을 나도 인정할 수밖에 없었다. 몇 년 후 누나는 두 번째 한국 방문에서도 가족을 충격에 빠뜨렸다. 털이 수북한 캐나다인 남자친구 '도미니크'를 데리고 와 우리 집에서 한 달 동안 같이 살겠다고 통보 한 것이다. 도미니크는 된장국과 파김치를 참 좋아했다.

누나는 한 명의 애인과 함께 여러 나라를 돌아다니는 지루한 방식보다는 그때그때 애인을 '현지 조달'하는 방 식으로 연애관을 변경했다. 도미니크는 실연의 쓴맛을 봐야 했다. 이후 누나는 가끔 집에 올 때마다 물어보지도 않은 자신의 보이프렌드 사진(보통 20대 중반의 젊은 서양 남자가 웃통을 벗고 있는)을 보여 주며 전 세계에 남자친구 를 한 명씩 두고 있노라 자랑했다. 그럴 때면 나는 방귀 뀌고 내 방으로 가고, 누나는 또다시 떠난다. 남미, 아프 리카, 인도, 미국, 유럽 등으로…. 너무 돌아다녀서 지금 누나가 어디에 있는지 잘 모르는 지경까지 왔다. 이제는 궁금하지도 않다. 비슷한 행색을 한 사람들이 떼로 등 장해서 숲을 배경으로 기타나 북을 두드리는 이미지가 가끔 누나 인스타그램에 올라오면 '살아는 있구나'라고 생각하는 정도. "어머! 따님의 인생 너무 멋있고 부러워요. 자유로운 영혼! 아무나 그럴 수 없는 거잖아요."라고 사람들은 부모님에게 자주 '영혼 없는' 말을 건넨다. 그러면 그 말을 수백 번 들어 왔던 부모님은 짓궂은 미소와 함께 진담 섞인 농담으로 받는다. "당신 따님이 그렇게 산다고 해도 부러우시겠습니까." 이 말에 긍정적으로 대답하신 어른을 아직 보지 못했다.

이런 누나를 보며 '같은 배에서 나온 게 맞나?'라는 생각을 많이 했다. 누나가 한곳에 정착하지 못하고 끊임없이 새로운 장소로 이동하는 삶을 사는 반면에, 나는 친구 집에서 새벽까지 술을 마시다가도 기어코 내 집으로 돌아와 잠을 청해야 하는 성격이다. 나는 여행을 즐기지 않을뿐더러, 가끔 여행을 가면 그 도시가 매력적이라는 생각은 하지만 한 번도 진지하게 타국에서의 삶을 고려한 적은 없다. 나는 그냥 내 집, 내 작업실에서 혼자 사는 것이 좋다. 누나가 말을 탄 유목민이라면 나는 밭을 일구는 정착민이다.

작업실에서만 사는 나를 보며 가끔 누나는 답답하다는 듯 말한다. "야, 아티스트라면, 세계 각국의 사람들을 만나 교류하고, 다양한 경험을 해야 하지 않겠니?" 누나와 다른 세계관에 거주하는 나는 그 질문을 믿지 않는다. 누나, 다양한 경험이란 단순히 신체를 다른 장소로 옮기고 새로운 사람을 만나는 것으로 채워지는 게 아니야. 오늘은 내 방의 왼쪽 벽을 응시했다면, 내일은 오른쪽 벽이나 천장을 바라보는 것. 그것이야말로 다양한 경험 너머에 있는 충만한 경험이야. 알간? 그러나 생각해볼수록 누나와 나는 한배에서 태어난 게 맞다.

우리는 둘 다 지독한 역마살을 가지고 있다. 대륙과 대륙 사이를 떠도느냐, 아니면 세포와 세포 사이를 탐험하느냐의 차이일 뿐이다. 누나가 인도와 아프리카, 그리고 남미로 유랑하는 동안, 나는 내 작업실에서 다이내믹한 여행을 한다. 몇 년간 그림만 그렸다가, 또 한동안 영상을 편집했다가, 이렇게 가끔 글을 쓰다가, 지금은 오로지 피아노 앞에서만 살고 있다. 이 좁은 공간 안에서 내면의 정체성만 달리했을 뿐인데도 너무나도 다른 삶이다. 이보다 더 여행일 수 없다.

내성적인

사람이기
때문에

"너는 내성적이구나."라는 말을 들을 때마다 죄인이 된 것 같았다. 조용하게 말없이 있는 나를 보며 어른들은 한 마디씩 했다. 같은 자리에서 누나는 노래를 부르고 엉덩이를 흔들어 댔으며 뱉는 말마다 좌중을 뒤집어 놓았다. 아버지가 쓴 육아일기에는 이런 기록도 있다. '10 : 90' 친인척 사이에서 나와 누나의 인기 비율을 그린 도표와 함께. 내성적인 사람은 조직 문화나 단체에서 인기가 없다. 인기가 없을 뿐 아니라 어딘가 결함이 있는 사람처럼 취급받는다. 외향적 성격은 독려되는 반면 내향적 성격은 극복해야 할 장애처럼 여겨진다. 나는 사회에서 권장하는 리더십 있고 분위기를 리드하는 활발한 성격의 친구들을 가끔 부러워했고, 내성적이라는 말을 많이 듣고 자랐다.

수전 케인의 《콰이어트》는 '내성적인 성격은 과연 결함일까? 내성적인 사람만이 할 수 있는 일이 있지 않을까?'라고 묻는 책이다. (이제는 없어진) 김영하 작가의 팟캐스트에서 일부분 낭독을 들었다. 대외 활동을 할 때는 활발한 사회적 자아를 장착하지만 두 시간 만에 소진되며, 자꾸 혼자만의 방으로 기어 들어가 읽던 책을 마저 읽고 싶다는 김영하의 멘트에 격한 공감을 했다. 나도 김영하도 내성적인 사람이었기 때문에 가능한 직업을 택해 살고 있다. 매일같이 책상에 앉아 소설 쓰는 사람의 인생은 내가 살아 보지 않아서 잘 모르겠다. 그런데 뭐 캔버스 앞에서 붓을 든 화가의 인생이나 좁은 피아노 방에서 홀로 낑낑대는 인생과 별로 다르지는 않을 것 같다.

그러나 내성적인 사람도 스펙트럼이 다양하며, 한 사람의 내면은 자주 바뀌기도 한다. 나는 이 격차가 심한 편이었다. 여성 앞에서 벌벌 떠는 성격은 대학에 가자마자 언제 그랬냐는 듯 증발했고, 이제 낯선 자리에서 누구와 만나도 어려움 없이 대화를 이어 가는 어른이 되었다. 특히 창작 쪽 직업은 발표 행사가 자주 열리고 네트워킹 파티에 게스트로 참여할 일이 많아서 원래 그런 성격이 아니라 하더라도 어느 정도의 뻔뻔함, 철판, 활발한 사회적 자아를 일정 수준 요구받기도 한다. 작업과 관련되는 일이면 나는 인간관계에 더 과감해지기도 한다. 전화하고 설득하며 심지어 술잔을 들고 천연덕스럽게 옆자리로 가서 적극적으로 꼬시기도 한다(내 영화에 출연해 주시죠?). 평소라면 전혀 발휘되지 않을 친화력이 나의 내면에도 있다는 사실에 스스로도 깜짝 놀란다.

그렇다 하더라도 결국 나는 내성적인 사람인 것은 맞다. 길 가다가 우연히 아는 사람을 발견하면 절친이 아닌 이상 본능적으로 나를 숨기는 버릇이 있다. 가벼운 인사와 스몰토크를 잘 해내지 못하고 속으로 쩔쩔매는 편이다. 일행과 여행 중에 홀로 다른 숙소를 잡기도 한다. 여행 이야기가 나왔으니까 하는 말인데 여행이란 기본적으로 안 가는 것이 가장 좋고, 가더라도 혼자가 가장 편하다. 사람을 만나더라도 언제든지 적당한 핑계를 대고 헤어져서 혼자가 될 수 있기 때문이다. 결혼과 2세 계획은 한 번도 진지하게 상상해 보지 않았고, 앞으로도 높은 확률로 그럴 것이다. 장손인 나는 몇 년 전 아버지에게 포고했다. 제가 대를 끊겠습니다!

작가마다 성향이 다르지만 역시 난 작업실은 혼자 쓰는 것이 가장 편하고 좋다. 협업의 짜릿함을 모르는 것은 아니지만 나는 대부분 혼자 북 치고 장구 쳐서 작품을 만든다. 별안간 고독사하기 딱 좋은 성격이지만, 이런 성격에 대체로 불만은 없다. 피아노 학원의 좁은 방에 들어가 문을 막 닫았을 때 기분이 가장 좋다. 김영하 작가의 단편 소설 <그림자를 판 사나이> 주인공처럼 혼자가 익숙해진 나머지 누구와도 깊숙한 영향을 주고받지 못하는 무미건조한 사람이 될까 봐 두렵지만, 현재의 나는 어쩔 수 없는 나다. 내 모든 작업 결과물들은 이런 성격에서 나왔다고 말할 수도 있다.

혼자가 편하다고 생각하며 잘 살고 있던 내게도 몇 해 전 혹독한 외로움이 찾아왔다. 대수롭지 않게 여긴 마음이 점점 커져서 당황스러웠다. 애인이 필요한 그런 종류의 외로움은 아니었다. 뿌리부터 흔들리는 마음, 내게 진정한 친구가 있기나 한 걸까, 라는 의구심이 들기 시작했다. 그 무렵 고전이 된 미드 <프렌즈>를 보며 사소한 일에도 서로 반응하고 위로해 주는 그들의 시시콜콜한 관계가 부러웠다. 아침에 일어나면 '오늘은 사람과 말을 섞고 싶다.'라는 생각이 가장 먼저 들었다. 먼저 연락 잘안 하는 나도 괜히 전화번호부를 뒤적거리다가 통화 버튼을 누르곤 했다.

마침 부모님이 외국 여행을 같이 가자고 해서 따라 갔지만, 나의 이 공허한 마음은 지구 반대편에서도 해소할 수 없는 것이었다. 가는 곳마다 내 마음을 대변해 줄 허망한 이미지를 찾아 수집했다. 그리고 <모스크바 닭도리탕>이라는 짧은 에세이 필름을 만들었다. 이듬해 극장과 공연장에서 발표하며 내 외로움을 사람들에게 전시했다.

〈모스크바 닭도리탕〉
인디다큐페스티발(2019)
서울독립영화제(2019)

모스크바 닭도리탕

나는 꿈속에서 줄을 잡아당기는 사람이다. 어딘가로 초대되었지만 마련된 음식을 먹지 못한다. 위층에서 국물을 튀기며 쏟아지는 사람들을 목격하고, 누군가는 내게 부당한 심부름을 시킨다.

초여름에 부모님과 북유럽 패키지여행을 떠났다. 유명한 미술관에 가고 멋진 폭포를 보았지만 하루에 버스를 열 시간씩 타는 일정이었다. 첫 도착지인 모스크바에서는 식탁 위에 닭도리탕이 나를 기다리고 있었다. 베르겐에서는 된장국을, 스톡홀롬에서는 맑은무장국을 먹었다. 코펜하겐 해변에서는 등산복을 입은 한국인들이 가득했다. 끊임없이 이동했고 목적지는 잠시 스쳐 갈 뿐이었다. 어쩐지 나는 장소성이 파괴되는 생경한 이미지들만 눈에 밟혔다.

요즘 나는 별일 없이 작업하며 살고 있지만 문득, 자꾸, 뭔가 잘못되었다는 생각이 든다. 목적지를 살펴볼 때마다 눈의 초점이 흐려진다. 난 어디로 가야 하나.

더도 말고

딱 1인분의
예술

피아노 좋아하는 사람이라면 모를 수 없는 영화들이 있다. 세상에서 가장 어렵다는 라흐마니노프의 <피아노 협주곡 3번>에 도전하는 데이비드 헬프갓의 일생을 그린 <샤인>, 인종 학살의 폐허에서 쇼팽의 <발라드 1번>을 연주하는 명장면이 담긴 <피아니스트>, 영화 내용보다는 현란한 피아노 배틀 씬으로 꾸준히 소환되는 <말할 수 없는 비밀> 등. 하지만 내게 '인생 피아노 영화'를 꼽으라고 한다면 엔니오 모리꼬네가 음악을 담당하고 팀 로스가 주연을 맡은 <피아니스트의 전설>이 압도적인 1위다.

영화 주인공 나인틴 헌드레드는 크루즈 유람선에서 태어났다. 천부적인 재능을 가진 그는 선내 피아니스트로 활동하는데, 성인이 될 때까지 한 번도 육지를 밟지 않는다. 영화는 배에서 내려 더 넓은 세상을 권하는 주변의 조언과 자신의 내면 성향 사이에서 갈등하는 주인공의 모습을 그린다. 지금 보면 전형적인 '불행한 천재 예술가 서사'이지만 20대 초반의 나는 이 영화에 매료되었다. 재개봉한다는 소식을 접하고 부리나케 피아노 학원 친구들을 꼬드겨 극장으로 향했다. 15년 만에 다시 본 <피아니스트의 전설>은 여러모로 감회가 새로웠다. 요동치는 배, 굴러가는 피아노 위에서 <Magic Waltz>를 연주하는 부분은 지금 봐도 희대의 명장면이며, <Playing Love>는 주인공의 인생사를 함축하는 곡이라 여전히 애잔했다. 재즈 창시자와의 피아노 배틀 씬은 말할 것도 없다. 그러나 마냥 감탄만 했던 15년 전과 달리 다르게 본, 혹은 새롭게 해석되는 지점도 있었다.

1

음반 녹음을 결정한 주인공 나인틴 헌드레드는 음반사 직원 앞에서 근사한 연주를 선보인다. 그러나 녹음 기술 자체를 잘 몰랐던 주인공은 방금 녹음한 LP를 듣고는 고개를 저으며 역정을 낸다. "내가 없는 연주는 의미가 없어!"라며 음반 발매 계획을 취소하는 주인공의 모습. 이 장면은 떠들썩한 공연 뒤에 매번 홀로 남겨지는 운명에 처한 주인공이 마지막으로 지켜 내야 할 세상과의 연결고리, 외로움의 상징으로만 읽히지는 않았다. 나인틴 헌드레드의 창의력은 어디서 유래하는가에 대한 메시지이기도 하다.

국악계에는 이런 말이 있다고 한다. '명창의 시대는 저물었다.' 무슨 말일까? 잘 녹음된 거장의 음원으로 음악을 익히는 시대다. 제자들의 솜씨는 상향평준화가 되었으나 더 이상 걸출한 스타는 나오지 않는다. 실제로 피아노계에서도 음반 산업이 활발해진 20세기를 기점으로 연주 문화가 많이 달라졌다고 한다. 정확성을 필요 이상으로 숭배하는 흐름이 생겼고, 반면에 독창성은 줄어들었다는 아쉬움을 많은 피아니스트들이 인터뷰를 통해 내비친 바 있다.

나인틴 헌드레드는 오로지 배 안에서 다른 연주자들의 곡을 실시간으로 들으며 음악을 배웠다. 그에게 연주자가 없는 음악은 음악이 아닌 것이다. 독창성은 경험을 잘못 기억해서 자신만의 패턴으로 녹이는 과정에서 발생할 때가 많다. 언제 들어도 똑같은 음원 속에는 나인틴 헌드레드가 배운 음악, 그가 추구하는 음악이 없다.

저장과 재생이 용이한 미디어 기기를 몸에 임플란트하다시피 장착하고 다니는 동시대인들이 도달하지 못하는 예술적 경지가 있다면, 바로 이런 이유 때문일 것이다.

2

나인틴 헌드레드의 명성을 듣고 그와 자웅을 겨루기 위해 재즈 창시자가 배를 방문한다. 재즈 창시자는 보란 듯이 현란한 곡을 주인공 앞에서 선보인 뒤 손짓한다. 이제 너의 차례. 그러나 주인공은 맞받아치지 않고 뜬금없이 동요를 연주한다. <고요한 밤 거룩한 밤>. 상대를 무시하거나 배틀 의사가 없음을 내비치는 선곡이라고 기억하고 있었다.

다시 보니 다르게 다가왔다. 배틀이라는 대결 구도는 오락성을 낳고, 오락성은 음악을 테크닉과 기교 위주로 판단하게 만든다. 영화 <말할 수 없는 비밀>에서도 예외는 아니었다. 아마 번개 같은 손놀림으로 속주하는 사람이 이길 것이라고 나인틴 헌드레드는 예감하고 있지 않았을까. 그래서 <고요한 밤 거룩한 밤> 선곡이야말로 결정적인 한 수였고, 나는 이미 거기서 상대를 이겼다고 본다. 애드립을 넣는 나인틴 헌드레드의 풍부한 표정이 떠오르고 심지어 편곡도 좋았다. 나는 그 멜로디가 종종 떠올라 흥얼거린다. 재즈 창시자의 거듭된 요청에 주인공은 결국 엄청난 속주로 마무리하고 좌중을 사로잡지만, 마지막으로 그가 연주한 곡은 '와 엄청 빠르다!'라는 생각 외에는 몇 번을 보고 들어도 여간해서는 기억나지 않는다.

유튜브에서 피아노 관련 영상을 보다 보면 '세상에서 가장 어려운 곡을 피아니스트에게 연주시켜 보았다!'라는 제목의 콘텐츠와 마주칠 때가 있다. 그런데 나 같은 어중이떠중이는 그런 걸 봐도 시큰둥하다. 아니 뭐, 어려워도 피아니스트니까 당연히 잘 치겠지. 그래 뭐 잘 치네. 고난도 곡을 완벽하게 완주해 내는 연주자의 모습을 무대에서 아무리 보여 줘도 내가 모르는 곡이면 별 감동이 오지 않는 경우가 대부분이다. 기본적으로 나는 미친 듯이 땀을 흘릴 정도로 속주하는 음악보다는 고요하고 거룩한 템포에 더 감정 이입이 잘 되는 편이다. 다시 한 번 체크한다. 무대에서 감동은 연주자의 기교가 아닌 선곡에서 결정된다는 것.

3

나인틴 헌드레드가 짝사랑에 빠진 여성에게 몰래 입 맞춤하는 씬. 이 영화를 처음 본 15년 전에는 이렇게 해석했다. 타고난 재능과 외로운 운명을 동시에 지닌 주인공에 감정 이입하며 사랑하는 여성에게 말도 제대로 못 거는 남성 주인공의 서툰 표현쯤으로. 그러나 다시 보고는 경악을 금할 수 없었다. 나인틴 헌드레드는 성폭력범(!)이 아닌가. 모두가 잠든 밤에 몰래 여성들만 머무는 방으로 침입해서, 표적을 정한 다음 몰래 신체를 터치하는 행위 그 이상으로 읽히지 않았다. 피해자 입장에서는 소름 끼칠 일이다. 영화 전개상 꼭 필요하지도 않은 씬이었음은 물론이고 명백한 성범죄를 예술가라는 이름 아래 낭만화하는 이런 연출은 시대 윤리가 업데이트된 이 시대에 비판받아 마땅하다.

4

유난히 예술가 주변에는 잔소리꾼이 많다. 이렇게 해봐, 저렇게 해봐, 다들 한마디씩 훈수를 두고 싶어 한다. 건네는 사람은 진심 어린 조언이라고 생각하겠지만 쓸데없는 오지랖인 경우가 많다. 한 번에 수백 명씩 다녀가는 배에 거주하는 나인틴 헌드레드도 주변의 참견에 시달린다. 이만한 재능을 가지고 왜 육지로 나가지 않느냐는 둥, 더 큰 성공이 바깥 세계에 있는데 포부를 보이지 않느냐는 둥…. 나인틴 헌드레드도 내적 갈등을 보이지만 다음의 말로 일갈한다.

> 배 너머의 세상은 끝이 없을 만큼 넓어. 나는 육지로 가면 길을 잃을 거야. 어디에서 멈춰야 하는지도 모를 거야. 그런 무한한 세상에서는 음악을 할 자신이 없어. 피아노를 봐. 88개의 건반에서 무한한 음악이 나오지. 끝없는 세상에서는 난 무엇도 선택할 수 없고 음악을 만들 수 없어.

15년 전에는 이 장면을 그저 이상한 고집을 부리는 천재의 비극 정도로 여겼다. 다시 보니 완전히 다르게 해석된다. 유한한 건반에서 무한한 음악이 나온다는 말은 예술의 지속 가능성에 대한 주인공만의 답이었다. 그에게 야망이 없다며, 쫄보라며 다그치던 주변의 말들은 폭력이나 다름없다. 예술이 탄생하는 개개인의 다양한 내적 생리를 이해하는 사람은 절대로 이렇게 함부로 말하지 않는다.

단편 영화를 주로 만드는 나에게 사람들은 스치듯 말한다. "오감독, 이제 장편 한번 할 때 되지 않았어?" 작은 배에서 나와 큰 육지로 향해 보라는 것이다. 물론 선량한 마음에서 비롯된 조언임을 의심한 적은 없다. 그러나 단편 영화만의 독립성이나 예술성을 인정하지 않고, 단편을 마치 '장편 영화로 화려하게 데뷔하기 위한 코스' 정도로 여기는 그 시선에 불쾌할 때가 많다. 실제로 장편을 만들 목적으로 단편을 제작하는 감독도 있을 것이다. 하지만 난 오히려 장편 영화를 보면서 이렇게 생각한 적이 많다. 이걸 단편으로 만들었으면 참 좋았을 텐데.

넓고 길고 큰 것, 스펙터클을 찬양하는 사회. 그곳에 성공의 초점을 맞춘 세상에서 예술도 무조건 그쪽으로 가야만 옳은가? 크기에 관한 내 질문은 계속된다. 20호나 30호를 주로 그리는 화가는 100호, 200호에 도전해 보라는 말을 자주 듣고, 10평 공간에서 개인전을 한 작가는 100평 갤러리에서 예술 세계를 뽐내 보라는 말을 듣는다. 국내에서 활동하는 예술가는 영어를 꼭 배워서 글로벌한 포부를 펼쳐 볼 것을 권장받는다. 그 반대는 없다.

이런 시선은 100호보다는 10호에 그림 그리는 것을 '도전'으로 생각하며, 되도록 작은 방에서 작품을 디스플레이하는 것을 '모험'이라 여기며, 해외 진출을 포기하는 것이 어떤 사람에게는 '결심'일 수도 있다는 가능성을 무시한다.

규모를 줄였으면 더 좋았을 텐데, 라는 생각은 미술 전시장에서도 자주 떠오른다. 모든 미술가가 꿈꾸는 베니스 비엔날레를 두 눈으로 직접 관람한 적이 있다. 그때 '스펙터클 예술'에 완전히 질려 버렸다. 왜 다들 크기에 환장한 것일까. 수많은 사람과 관계하고 협업해야만 탄생할 수 있는 예술의 한계는 명백하다. 애초에 협업, 협상, 설득, 인간관계, 통솔, 심리전에 능하지 않거나 그런 것에 진절머리를 내는 예술가들에게 이런 방식은 오히려 족쇄를 채우는 것이나 다름없다.

나인틴 헌드레드는 자신의 성향을 잘 알기 때문에 그런 판단을 내렸으며, 스케일의 폭력으로부터 자신의 예술을 지키려는 결심을 행한 것이었다. 결정적으로 나는 묻고 싶다. 한 개인이 골방에서 만들어 낸 '작은' 예술과 거대한 자본으로 만들어 낸 '큰' 예술에 감동의 크기도 그만큼 비례하느냐고.

불빛

아래서

복학하자 분위기는 달라져 있었다. 당시 미술계는 극사실주의 그림을 필두로 유례없는 호황기의 끝을 달리고 있었다. 하루 자고 일어나면 우후죽순 상업 갤러리가 탄생했다. 자본이 빵빵한 갤러리에서는 연예계처럼 전속 작가 제도를 운영했다. 사탕이나 과일, 꽃 따위를 사진처럼 그리면 번개처럼 팔려 나가는 시대였다. 화가는 배고픔의 상징이지만 이때만큼은 예외였다. 솔드아웃 기사를 심심찮게 목격했다. 세상 물정 모르는 대학생이 감지할 정도였다.

그러나 미술을 향한 세상의 관심은 오래가지 않았다. 흥했던 거품은 빠르게 빠졌다. 하지만 이 시기 덕분에 각종 공모와 지원 제도가 생겼다. 갤러리에서 개인전을 무료로 지원하는 자체 공모전을 해마다 열었고, 서울시에서는 국공립 레지던시를 만들어 전망 있는 작가들을 입주케 했다. 모교에 강사로 출강하던 '잘나가는' 작가 선생님은 그 레지던시 소속이었다. 오픈 스튜디오 행사에 놀러 간 적이 있다. 와인과 바베큐, 근사하게 플레이팅된 음식들, 커다란 공간에 작품을 늘어놓고 컬렉터와 바쁘게 이야기를 나누는 작가들…. 세계를 제패할 듯한 야망을 품고 있던 예비 작가 오재형은 그곳에서 다짐했다. 이 불빛을 따라가면 되는구나!

야망은 현실에 번번이 부딪혔다. 미술계에서 성공 루트라고 생각한 출발점에조차 서질 못했다. 충무로 인쇄소에서 뽑은 포트폴리오를 겨드랑이에 끼고 갤러리를 돌며 제출했지만 번번이 낙방했다. 그런 나와는 상관없이 잘만 굴러가는 메인 씬을 보며 부러워했다. 저 무리에 끼면 '미술가의 성공'을 여실히 체감할 텐데. 모든 것이 잘 풀릴 텐데. 누구나 인정하는 갤러리에서 전시하는 화려한 경력의 작가들을 시기했다. 난 결국 그 불빛에 부름받지 못했다.

어느 날이었다. 미술 평론가 몇몇이 앉은 책상 앞에 수많은 신진 작가가 포트폴리오를 들고 줄을 섰다. 그들에게 코멘트를 듣기 위한 대열에 나도 껴 있었다. 몇 시간을 기다려 한 평론가 앞에 앉았다. 평론가는 세상 피곤한 표정으로 내 작품을 힐끗 보고 콧방귀를 뀌었다. 굴욕을 삼켰다. 참 쓰더라. 이후 내 갈 길을 갔지만, 한편으론 궁금했다. 저 콧방귀 너머의 세계, 그 불빛 안에는 뭐가 있을까.

　시시콜콜 내 역사를 읊었지만 '미술'을 다른 예술 장르로 치환해도 처한 상황은 모두 비슷하다. 메인 씬을 향해 달려가는 창작자, 공모와 낙방, 그 과정에서 맛보는 굴욕과 좌절감, 다시 불빛을 향해 품어 보는 기대…. 하지만 멋모르고 산전수전 겪었던 20대를 지나 30대 중반이 되자 그 불빛의 정체가 점점 눈에 들어왔다. 잘나가는 것처럼 보였던 메인 씬의 창작자들이 처한 비루한 현실이 장르를 불문하고 탄로 나기 시작했다. 각종 상을 휩쓸고 나름 이 바닥에서 커리어 정점에 오른 사람들조차 경제적 형편은 결코 명성에 비례하지 않았다. 그 정도면 충분히 잘 먹고 잘 살아야 할 훌륭한 창작자들도 박한 대우를 받고 투잡 쓰리잡을 뛰었다. 풀타임 아티스트는 도대체 어디에 있는 것일까? 삐까뻔쩍한 경력을 가진 사람들은 많았지만, 롤 모델은 보이지 않았다.

인디 뮤지션의 삶을 다룬 다큐멘터리 영화 <불빛 아래서>는 정확히 이 지점을 포착한다. <불빛 아래서>는 내 친구이자 음악 덕후인 조이예환 감독이 본인이 좋아하는 인디 뮤지션 여럿을 6년 동안 팔로우하며 만들어 낸 결과물이다. 메이저 레이블에 소속되고, 큰 상을 받고, 해외로 투어를 나가는 등 수없는 경쟁을 뚫고 '겉보기에 잘나가는' 인디 씬에 안착한 밴드에게 감독은 묻는다. "이제 다음 꿈은 뭐예요?" 악기를 정비하던 뮤지션은 답한다. "한 달에 100만 원 버는 거요." 이렇게도 답한다. "씬은 실체가 없었다!" 돈 벌기 위해서는 락밴드의 정체성을 송두리째 흔드는 핸드싱크 공연 제안도 쿨하게 거절할 수 없다. 건방지게 굴었다가는 다시는 부름을 못 받을까 봐. 남들이 부러워할 만한 궤도에 오른 밴드도 여전히 불안한 표정으로 오디션을 보러 다닌다.

겉은 블록버스터인데 속은 코미디다. 주인공들은 이런 현실을 셀프 풍자하며 개그 소재로 삼는 여유를 보이기도 하지만 그들의 눈빛에는 보이지 않는 자막이 흐른다. 내가 웃는 게 웃는 게 아니야. 그럼에도 불구하고 이들은 자신의 음악이 팝이 되길 원하고, 여전히 락스타를 꿈꾼다. 또다시 고개를 돌려 다음 단계에 보이는 불빛을 넌지시 바라본다.

영화는 사회에서 예술이 처한 구조적 모순을 폭로한다. 그와는 별개로 나는 창작인으로서의 삶에 더 근본적인 물음이 생겼다. 예술가로서 더 많은 사람들이 내 작품을 향유할 거라는 기대감, 예술가로서 셀럽이 되길 희망하는 욕구를 도대체 어느 기준까지 설정하고 살아야 할까? 명확한 기준이 없다면 불빛은 언제나 허상이 되지 않을까? 언제나 다음 불빛을 향해 끝없이 달려가는 피곤이 인생 전체를 지배하지는 않을까? '호오오오오옥시 모르니까!'라는 심정으로 쏟아붓는 노력, 더 잘될 거라는 가능성은 오히려 '가능성의 지옥'이 되어 족쇄처럼 삶을 불행으로 인도하지는 않을까?

나 역시 여전히 불특정 다수의 사람들에게 사랑받는 '락스타'를 꿈꾸지만 겉으로는 달관한 척 위선을 자주 부리고, 그 쿨한 위선에 때론 진심이 묻어 있다. 사실 잘 모르겠다. 나는 괜찮은 것 같기도 하고 안 괜찮은 것 같기도 하다. 특히 '신진'의 껍데기를 벗고 잡다한 경력이 꽤 쌓인 나와 같은 30대 창작인들은 영화를 보며 이 문제에 대해서 어떻게 생각할지… 실로 궁금하다. 당신의 불빛은 무엇인지, 어디인지.

올까 봐

두려운
마음으로

몇 해 전 SNS 피드에 모두가 시 한 편씩 올리며 어느 시인의 부고를 알렸다. 처음 들어 보는 이름이었다. 왜 나만 빼고 다 알아. 평소 시와는 안 친했던 내 무지가 들통나는 순간이다. 나도 멋들어진 구절 하나 인용하며 우아한 교양을 과시해야 할 텐데. 에라이 멋진 사람들. 만약 시인이 나보다 늦게 죽었다면 영영 그의 존재를 알았을까. 강력한 빛을 내뿜으며 죽는 초신성처럼 시인은 죽음으로써 그의 존재를 진하게 전했다. 나에게도 닿을 정도였으니까.

뒤늦게 허수경 시인의 시집 《슬픔만 한 거름이 어디 있으랴》를 읽었다. 고백하자면 글자만 읽었을 뿐이다. 아무래도 시인과 내가 사는 시대가 다르다 보니 모르는 단어가 너무 많아 턱턱 막히기도 했지만, 독자로서 내가 시적 감수성이 부족한 이유가 가장 크다. 의외로 가장 많이 머물렀던 페이지는 마지막 '시인의 말'의 부분이었다.

그리고 독자 여러분, 먼 나날 가운데 절 잊지 않고 기억해 주셔서 감사합니다. 여러분들이 없었더라면 전 이 세계의 고아로 어느 거리에서 사라졌을 겁니다.

아득했다. '너무 기다리게 해서 미안합니다. 새 작품이 나올 때까지 긴긴 시간이 걸렸네요. 그간 잊지 않고 응원해 주셔서 감사합니다. 여러분이 아니었다면 저도 이 세계의 어느 거리에서 홀로 사라졌을지도 모릅니다. 고맙습니다.'라고 예술가로서 나도 말할 수 있는 날이 올까. 내 신작을 기다리는 이 누구인가. 나는 초신성이 될 수 있을까. 누군가의 기억에 입장한 적 없음에도 잊힐까 두려워하는 이 마음의 정체는 무엇인가. 나는 왜 다 큰 어른이 되어서도 이렇게 허공에 떼를 쓰고 징징대는 것일까. 나도 죽으면 사람들이 내 작품 하나씩 피드에 올리며 나를 추모해 줄까? 그렇게 되려면 어떻게 해야 할까?

시인처럼 좋은 작품을 생산하는 것만으로 유명해지던 시대가 있었다면, 요즘에는 적극적으로 자신을 어필해야 한다. 이 모든 고민은 SNS로 수렴된다. 나도 세속적인 욕망을 품어 본다. 모두가 시대의 권력이 되고 있는 SNS 인플루언서를 꿈꾼다. 일을 하듯 자기 홍보에 매진한다. 그러나 이 흐름에 역행하는 사람들도 있다. 자발적 은둔을 택한 이들이 눈에 띄기 시작했다. 그 이야기를 해 보려고 한다.

SNS를 하지 않아 직접 얼굴을 보지 않으면 생사를 알 수 없는 사람들이 있다. 특히 창작자가 SNS를 하지 않는다는 건 꽤나 의미심장하게 다가온다. 주류 예술계에 몸담고 있어서 굳이 SNS를 통해 알리지 않아도 찾아 줄 관객이 많다는 뜻일까. 나머지 99프로의 작가들에게 SNS란 유일한 홍보 수단이기 때문에 그것은 사실상 선택 사항이 아니다.

그날 J 작가를 만났다. 그는 SNS를 하지 않는다. 그는 나와 마찬가지로 주류가 아니다. 이름이 잘 떠오르지 않을 정도로 오랜만이었다. 어떻게 소식을 알았는지 내가 전시하고 있는 갤러리에 문득 찾아온 것이다.

"그럼 결혼은?"이라는 질문이 명절마다 되풀이되는 습관적인 질문이라면, 작가들 사이에서도 별생각 없이 서로에게 묻는 겨울철 질문이 있다. "올해 전시는 언제

하세요?", "거기 지원서는 넣으셨나요?" 나는 J 작가에게 질문했다. 그는 웃으며 대답했다. 어디에도 지원서를 넣지 않았어요. 앞으로 전시 계획도 없고요. 응? 되돌아오길 확신하고 던진 부메랑에게 배반당한 나는 자세를 고쳐 앉았다. 뭐라고요?

'예술의 3요소' 같은 말들에 꼭 등장하는 요소는 '관객'이다. 더 과감한 말도 있다. 보고 들어 줄 관객이 없다면 그것은 예술 작품으로서 하등의 의미가 없다는 해석이다. 작가는 해시태그를 수십 개씩 다는 관종이 되어야 마땅하다. 여기! 여기! 내가 한 것 좀 보세요! 다섯 살 어린아이처럼 세상을 향해 앙탈을 부려야 한다. 작가에게 관객이란 간밤에 누나가 끓인 라면의 한 젓가락 같은 것이다. 고마우면서도 언제나 부족한 존재다.

어딘가 있을 외계 행성의 지적 생명체를 향해 전파를 발사하는 천문학자의 마음으로 작가는 작품을 발표한다. 광막한 공간 속에서 이 신호가 한 명에게라도 더 닿길 바란다. 그런데, 내 앞의 J 작가는 이 세계의 룰을 깨는 대답을 한 것이다. 누나가 끓인 라면에 관심 없는 동생이라니? 전파를 쏘지 않는 천문학자라니? 전시하지 않는 작가라? 심지어 SNS도 안 하는 작가라?

그는 매일 네 시간씩 그림을 그린다고 했다. 그리고 주변 하천을 산책한다고 했다. 요즘 자연이 너무 좋아요. 자연이 좋아요. 자연이. 이 말을 세 번이나 했다. 산책로에서 평소 볼 수 없었던 새를 발견하는 날도 있다고 했다. 요즘은 자신에게 약한 분야인 과학 서적을 읽는다고 했다. 전기에 관한 책이라고 했다. 전시를 해 봤으나 본인에게는 별 의미를 발견할 수 없었다고 했다. 그림 작업은 즐겁다고 했다. 훗날 자기가 시한부 인생을 선고받으면, 그때 이벤트를 열어 초대하겠다고 했다.

여기보다 더 좋은 곳, 더 깨끗하고 불빛 환한 곳을 갈망하며 지원서 위에서 둥둥 떠다니는 예술가들의 행렬에 그는 동참하지 않았다. 화가로서 은퇴 전시에 찾아온 그에게 남은 캔버스를 넘겼다. 그의 얼굴이 환해졌다. 웃으며 헤어졌다. 잘 가요. 다음에 또 만나요. SNS에 실시간으로 자신의 일상을 전시하는 시대에 나는 가끔 온라인 세상과 미술계에서 완전히 종적을 감춘 J 작가가 궁금해질 때가 있다. 오늘은 무슨 그림을 그렸을까? 세상과의 교류에 아무 관심이 없었던 예술가, 에밀리 디킨슨이나 비비안 마이어의 얼굴에 J 작가를 투사해 본다.

예전에는 인기가 많고 자주 마이크를 잡아 분위기를

주도하는 사람에게 관심이 갔다. 지금은 묘하게 달라졌다. 떠들썩한 술자리에서도 말하는 사람보다는 저렇게 듣기만 할 수 있을까 하는 생각이 들 정도로 집요하게 듣는 사람, SNS 팔로워가 몇만 명인 사람보다는 SNS를 하지 않는 사람에게 관심이 간다. 요즘 그런 사람들을 마음속으로 컬렉팅하고 있다. 또 한 사람을 소개하고 싶다.

친구의 부름에 딱 한 잔만 마시고 가자, 라는 불가능한 마음을 품고 술자리에 간 날이었다. 와인에 위스키에 진토닉에… 결국 인사불성이 되고 말았다. 내가 친구를 택시에 태워 보냈다는데 기억에 없고, 실연당한 사연으로 홀로 술집에 찾아온 낯선 남성과 형님 아우 하며 기나긴 헛소리를 섞었던(도대체 왜?) 것은 드문드문 기억난다. 초점 흐려진 이미지, 희미한 잔상으로만 남아 있는 그 밤의 기억 중에도 또렷하고 선명하게 떠오르는 어떤 사람의 말이 있다.

우리는 2차로 홍대 어귀에 있는 '꽃'이라는 술집을 찾았다. 간판도 없는 어느 건물 지하로 내려가야 하는 그곳의 문을 열면 LP와 낙서, 각종 포스터로 가득한 벽, 쩌렁쩌렁 울리는 음악, 그리고 몇십 년을 넘게 그곳을 운영해 온 사장님이 있다. 바에 앉아 이야기를 나누다가 누군가 사장님에게 물었다. "요즘 장사는 잘 돼요?" 불금인데 손님은 우리뿐이라 물어본 말이었으리라. 그리고 덧붙였다. "꽃에 사람들이 많이 오면 좋을 텐데…." 이에 대한 사장님의 답변은 의외였다. 자영업자 입에서 나오기 힘든 대사였다. "아니, 나는 그 반대야. 꽃이 유명해지길 원치 않고, 그래서 '아무나' 이곳에 오는 것을 가장 원치 않아. 사람들이 올까 봐 두려운 마음이야."

관객을 유치하고 팔로워를 늘리기 위해 모두가 관심을 구걸하는 시대에 '올까 봐 두려운 마음'이라니? 이 말에 잠시 동안 술이 번쩍 깨었다. 한두 해 전까지 내 주된 고민 중 하나가 이거였다. 예술가로서 나는 관객이 필요한 사람이야. 내 작품을 많은 사람이 봐 줬으면 좋겠어. 다다익선. 나도 유명해질 수 있을까? 게시글 하나 올리고 오줌 싸러 갔다 오면 좋아요가 500개 정도 눌려 있는 삶이란 어떤 것일까….

하지만 이내 이 고민도 접었다. 나는 여전히 SNS를 활발히 하고 소식을 알리지만 이것으로 뭔가 대단한 것을 해 보려는 마음은 품지 않는다. 누구든 SNS로 뜰 수 있다는 가능성은 미디어의 속성상 끝없는 자기 착취로 이어지며 끊임없이 날 불행하게 만들 터였다. 이미 몇만 팔로워를 가진 인플루언서가 불안과 강박에 시달리는 모습은 흔하게 볼 수 있다.

얼마 전, 한 미술 기획자가 사석에서 나에게 '작가로 성공하는 방법'을 일러 주기도 했다. 평론가, 기획자, 기자를 최소 한 명씩 곁에 두어야 하고, 오픈 파티 같은 장소에서 이 분야의 영향력 있는 사람에게 자신을 적극적으로 어필해야 한다는, 뭐 그런 조언. 음… 작가로서 성공이란 도대체, 도대체 뭘까.

꽃에 방문한 그날 밤을 상기해 본다. 올까 봐 두려운 마음, 그 정도의 자기 확신, 감당할 수 있는 선에서의 농밀한 교류. 이보다 더한 성공이 있을까. 꽃 사장님처럼 단단한 마음을 가지고 싶다.

예술계로
데뷔하려는

사람들에게

사람들이 가득 모여 있는 곳에서 나는 하루에 열다섯 번씩 연주를 한다. 조명이 나를 비추고, 나의 침 넘어가는 소리, 숨소리 하나하나에 모두가 집중한다. 묵직한 침묵이 공간을 가득 채운다. 천천히 손을 올리고 첫 건반을 누른다. 이어 현란한 손동작으로 환상적인 도입부를 선사한다. 이때 카메라는 관객 시점으로 이동한다. 머리들 사이로 내가 보인다. 연주는 점점 고조되고 관객들의 생각이 실시간으로 읽히기 시작한다. 와… 멋지다. 오… 죽인다. 아… 아름답다. 워… 감동이다. 마지막 건반을 누르기 전, 시점은 하늘 높이 올라 항공 샷으로 전환된다. 피아노에 한 손을 올리고 인사하는 내 모습과 환호성을 지르는 관객들이 보인다.

216

아침에 눈을 떴을 때, 샤워를 할 때, 엘리베이터를 내려갈 때, 버스에서 창밖을 보며 곡을 들을 때마다 매일 하는 상상이다. 현재 내가 연습하고 있는 곡을 감상하며 이 곡을 무대에서 연주하는 멋진 내 모습을 꼭 대입해 본다. 이 망상과 함께라면 현재 듣는 음악을 일곱 배더 좋게 들을 수 있다. 머릿속에서 플레이되는 관종력 넘치는 상상은 현실의 나를 매일 연습하게 만드는 동력이다. 그러다 보면, 망상과 상상은 가끔 현실이 되기도한다. 참 신기한 일이다. 어떤 노력은 목적지의 근처에도 못 간다. 반면 전혀 욕망하지 않았던 장소에서 기회가 찾아와 인생을 송두리째 흔들어 놓기도 한다.

글을 쓰고 있는 지금, 나는 창작인으로서 활동한 지 10년 차가 되었다. 예술계에 첫발을 내디딘 해에 나는 어떤 목표를 지니고 있었을까? 그때는 내가 피아노 앞에서 하루 대부분의 시간을 할애할 거라고는 전혀 예상하지 못했으며, 심지어 입장료를 받고 공연하는 사람이될 줄은 꿈 속의 꿈 속의 꿈에서도 떠올려 본 적 없다. 이런 내게도 가끔 창작 관련한 직종을 희망하는 20대 친구들이 고민을 털어놓는 경우가 있다. 그때마다 무슨 말이라도 해야 할 것 같긴 한데, 적당한 말을 못 찾아 횡

설수설하곤 한다. 그렇지만 어떤 평론가가 "신진 작가들이여, 첫 개인전은 아무 곳에서나 하지 말아라." 따위의 조언들로 잘난 척하는 것을 보고 있으면 화가 난다. 묻고 싶다. 첫 발표회를 장소 가려 가며 선택할 수 있는 작가가 과연 세상에 얼마나 될까? 이 무책임한 소리에 용기를 얻어 예술계에 데뷔하려는 사람들에게 나도 아무 말이라도 해 보려 한다.

예술가의 성공은 4요소로 이뤄지는 것 같다. 금전적 자원, 타고난 재능, 시대가 요구하는 이야기를 만드는 작업 내용, 그리고 운이다. 여기서 말할 수 있는 것은 재능과 작업 이야기이고, 말 못하는 것은 물려받은 자원과 운에 관한 것이다. 불안한 표정으로 내게 질문하는 친구들에게 나도 쉽사리 말 못 하는 것이 있다. 다른 것은 몰라도 내 활동의 결정적 기반은 부모의 자원이다. 내게는 특별한 악재가 있지 않는 이상 평생 쓸 수 있는 조그마한 작업실이 내 노력과는 상관없이 이미 주어져 있다는 말. 궁핍과 가난이 예술의 동력이라고 믿는 이에게 반론할 생각은 없다. 그러나 적어도 나 같은 사람에게는 주어진 물질적 토대가 창작의 주요한 동력임을 부정할 수 없다. "생계를 어떻게 해결하시나요?"라는 질문 역시 받을 때마다 난처하다. 물론 나도 돈을 꾸준히 벌어야 하고 벌고 있지만 내 생계와 당신의 생계가 어떤 출발점에서 시작하는지 전혀 모르는 상태로 덜컥 대답할 수 없어 말문을 흐린다. 질문하는 당신을 언제 어디선가 다시 이 판에서 다시 만나기를 바랄 뿐이다.

주변 작가들을 둘러봐도 먹고사는 문제를 해결하는 방법은 너무 제각각이라 몇 가지로 유형화할 수 없다. 다만 멀리서 보면 사는 꼴이 비슷하긴 하다. 많은 작가는 예술인복지재단이나 지역 문화재단의 각종 사업에 공모하거나 기금을 신청해서 작업을 꾸리고, 외주 일감을 받는 프리랜서 역할을 동시에 수행하며 생활을 꾸린다. 작년의 나 같은 경우는 가을에 전국 농장을 떠돌아다니며 감자, 파프리카, 유기농 배 등 농산물을 촬영했고, 행사 스케치 영상을 제작하거나 편집 일을 맡아서 돈을 벌었다. 물론 작년에 했던 일이 올해 이어진다는 보장은 전혀 없다. 먹고사니즘에 있어서 작가들은 장기간의 플랜을 생각하기보다는 한 해 단위로 사고하는 편이다. 자원 문제를 떠나 예술가는 어떻게 되느냐고 누군가 묻는다면 이 역시 시원한 답변을 할 수 없다.

나는 그림, 글, 공연, 영상 쪽에서 활동했고 지금도 하고 있지만, 그 어느 분야도 해당 분야의 정해진 단계를 밟지 않았다. 아니 시도했지만 도달하지 못한 경우가 대부분이다. 글 쓰는 사람으로 등단한 적 없고 영상 전공을 하지 않았으며 악기는 성인이 되어서 배웠으니까. 그나마 정규 코스를 밟았던 페인팅은 오히려 은퇴한 상황이다.

요는, 20대의 내가 그렸던 청사진은 실현된 것이 없다는 것이다. 정신 차려 보니 상상치도 못한 영토에 도착해 있었다. 해당 분야에서 엘리트 코스를 밟고 있는 사람이라면 상대적으로 미래가 덜 불안하지 않을까? 그러나 그렇지 않은 사람이 99프로다. 미래는 알 수 없고, 뭐라도 하다 보면 어딘가에 도착해 있기 마련이다. 다만 미대 다닐 때 교수들에게 지겹게 들어 왔던, "작가로 10년만 눈 감고 버티면 성공한다!"라는 말을 이제 믿지 않는다. 나는 이렇게 말하겠다. 괴롭다면 버티지 말아라. 눈 뜨고 옆을 자주 쳐다보라. 보이는 골목 골목으로 들어가 보라. 정세랑 작가의 소설《시선으로부터,》에서 인상 깊게 본 문장도 빌리고 싶다. "모퉁이가 찾아오면 과감히 회전하세요. 모든 면에서 닳아 없어지지 마십시오."

그림 그리는 사람을 기준으로 말해 보겠다. 그림 그리는 일은 세상에서 가장 매력 있는 직업이고, 그림으로 할 수 있는 일들은 많은 것 같은데, 우리가 바라보는 미술 씬은 형식적으로 또 내용적으로 너무나 좁다. 어차피 그 좁은 그들만의 리그에서 간택당하는 작가는 몇 되지 않는다. 노량진에서 찌든 고시생처럼 매년 끝없이 도전하며 자괴감만 얻지 않길 바란다. 작업하다 보면 본인 그림을 사랑하는 사람들이 분명 나타날 것이고, 그 사람들과 함께라면 길이 보일 거라 믿는다. 그 길은 당신이 생각하고 꿈꾸던 길이 아닐 수도 있다. 그러나 그림으로 메인 씬에 진입하지 못한 나도 이 말은 할 수 있다. 씬은 실체가 없다. 이런 갤러리, 저런 공모, 이런 레지던시, 저런 전시를 통과해 결국 코엑스에서 열리는 아트페어에서 솔드아웃이 되거나 국립현대미술관 올해의 작가상에 뽑히는 것만이 당신이 필히 바라봐야 할 길은 아니라는 것이다.

마음이 답답할 때면 주변을 둘러보라고 권하고 싶다. 바늘구멍에 들어가 안착한 사람을 바라보기보다는 그 길을 벗어나 경로를 개척하고 있는 사람, 사회적으로 확고히 명명되지 않은, 아직 뭐라 부르기에 애매한 직업을 가진 사람이 한 명쯤은 있을 것이다. 그들의 활력과 에너지를 지켜보는 것만으로도 20대의 나는 위안을 받았다. 화가가 꿈이었던 20대에, 좋은 갤러리에서 전시하는 것만이 성공한 화가의 전부라 생각했던 그때에, 이력에 추가할 수도 없는 예술 활동을 거리에서 끊임없이 기획하고 펼쳤던 30, 40대 현장 예술가들의 삶을 보며 대안적인 미래를 그렸다. 왜냐고? 그들이 행복해 보였기 때문이다. 결코 금전적 여유가 있는 사람들은 아니었지만.

내가 가장 좋아하는 피아니스트 중에는 유튜버 낮사람이라는 인물이 있다. 그는 10년 넘게 플랫폼을 옮겨가며 인터넷을 무대로 라이브 연주를 하고 있다. 주로 철 지난 발라드 가요를 세련되게 연주하고 좋아하는 곡의 악보를 만들어 판매한다. 문득 토이의 <여전히 아름다운지>나 이승환의 <애원>, 김동률의 <잔향>이 듣고 싶을 때 신청하면 심금 울리는 연주를 즉석에서 무료로 선물해 준다. 낮사람 덕분에 적적했던 늦은 밤이 자주 황홀해졌고, 고막의 쾌감이 솟구쳐 오를 때가 여러 번이었다. 동시 접속자가 수백 명에 달하는 인기스타는 아니지만, 언제나 그 자리에서 꾸준히 소수의 사람들과 피아노를 매개로 소통한다. 지나가는 말로 본인도 음악계로 진입하려는 뜻을 품은 적이 없던 것은 아니라고 한다. 그래서일까? 낮사람은 시청자의 칭찬이 이어지면 겸연

쩍어하며 자주 말한다. "저는 피아니스트는 아닙니다." 그러나 내가 보기에는 이보다 더 피아니스트일 수 없다. 그보다 더 발라드 가요를 듣기 좋게 연주하는 피아니스트를 본 적이 없다.

공대를 졸업하여 독학으로 피아노를 배운 낮사람은 분명 전통적인 의미의 일정한 '코스'를 밟은 사람은 아니다. 피아니스트 하면 일반적으로 떠오르는, 관련 학위가 있고, 어디서 상을 받고, 예술의 전당에서 리사이틀을 하는 뭐 그런 이미지와는 거리가 멀다. 그러나 무슨 상관인가? 꾸준히 자신의 작업을 발표하고, 그 작업을 사랑해 주는 관객과 소통하는 그를 피아니스트라고 명명하지 않을 이유가 어디 있을까? 많은 사람이 그를 피아니스트라고 불러 주는 일이 중요하다고 생각한다. 호칭에 배어 있는 쓸데없는 사회적 권위를 배제하고 나면 예술가의 롤 모델은 훨씬 더 많아진다.

아는 척 거드름 피웠지만 사실 멀리 갈 것도 없다. 작년만 해도 나는 발표할 곳을 찾지 못했다. 올해 잡힌 계획이 하나도 없었다. 공모는 다 떨어졌다. 창작 활동을 하는 이라면 모르지는 않을 것이다. 일 없는 겨울의 불안은 어느 정도 직업적 숙명이라는 것을. 그러나 예술가에게 주어진 불안정한 미래가 꼭 나쁘지만은 않다. 내년에 어떤 계획에 연루되어 무슨 작업을 하고 있을지 아무도 모르고, 나는 그 사실이 자주 기대되고 신난다. 그럼에도 불안은 어쩔 수 없을 때가 있다. 유난 떨고 싶을 때는 이 불안을 공유해 줄 이를 찾아 같이 덜덜 떨다가, 때가 되면 묵묵히 오랜 시간 작업해 보라는 것 이외에는 사실 할 말이 없기도 하다. 그러다 보면 꼭 누군가 손을 잡아 주더라.

Part 3

피아놀라

피아놀라

1

그 약을 손에 넣은 것은 순전히 우연이었다. 한 달 전 공연을 끝낸 후 연남동 바에서 한잔 마시고 있을 때였다. 마침 옆자리에 혼자 온 이와 인사를 나누고 말을 섞다가 주량을 훌쩍 넘겼다. 꼬인 혀로 너무 많은 속내를 꺼내 보였다. 친한 친구보다는 스쳐 가는 낯선 이에게 진지한 고민을 덜컥 털어놓는 경우가 많은 법이다. 그의 본업은 제약회사 직원이지만 사이드 잡으로 피아노 조율을 한다는 말을 듣고 입에 모터를 달았던 것 같다. "태어나서 처음으로 피아노 조율사와 술 마셔 보아요. 영광입니다."라는 말로 시작해 본격 신세 한탄을 시작했다.

"조율사님, 좋아서 직업으로 선택한 피아노이지만 양

가적인 감정이 들어요. 저는 공연을 위해 매일 좁은 피아노 연습실에서 지냅니다. 이 꽃 같은 청춘을 불태우고 있는 것인지 아니면 다른 인생 가능성을 내팽개치고 청춘을 허무하게 흘려보내고 있는 것인지 헷갈릴 때가 많아요. 특히 오늘처럼 아무 반응 없는 관객들을 만나면 그 무표정 속에 무슨 생각이 담겨 있는지 두려워요. 마음 같아선 출입구에 바리케이드를 설치하고 심문하고 싶지만…." 조율사는 진지하게 들어 주었다. 진동의 세기로 최적의 음을 찾는 직업적 특성이 성격에도 반영된 것일까. 조율사는 내 말이 끝날 때마다 그보다 더 적절할 수 없는 추임새와 반응을 보태 대화에 활기를 더했다.

"조율사님, 가장 큰 고민은요. 무대에 오르면 찾아오는 조용하고 낯선 손님이 두려워요. 저는 극심한 무대 공포증을 가지고 있답니다. 지금까지는 트라우마를 남길 만한 큰 실수는 없었지만, 오히려 그 점이 저를 더 공포로 몰아넣어요. '아직 오지 않은' 그 치명적인 실수가 바로 다음 공연에는 꼭 올 것만 같아서요. 공연이 끝나면 남는 감정은 선연한 공포 그 자체입니다. 휴, 사장님 여기 진토닉 두 잔 더요." 시간은 훌쩍 흘렀다. 정작 조율사의 이야기는 듣지 못했는데 바텐더는 마감을 알려

왔다. 그날 술값은 내가 냈다. 마음 같아서는 2차를 가고 싶었지만 시간이 늦어서 망설였다. 너무 궁상맞은 내 모습을 첫인상으로 기억할 이와 연락처를 교환할 용기도 나지 않았다. 쿨하게 헤어지자. 인사를 하려는데 조율사가 가방에서 뭘 꺼내어 건네면서 말했다.

"덕분에 오늘 술 잘 마시기도 했고요, 말씀하신 무대 공포증은 해결해 드릴 수도 있을 것 같습니다. 저희 회사에서 비밀리에 개발한 약입니다. 임상 시험을 진행하는 중이라 안정성을 100프로 장담 못 하지만 선택은 본인 몫입니다. 설명서가 동봉되어 있으니 투약을 결심하신다면 꼭 읽으시길 바랍니다. 그럼 안녕히 가세요. 즐거웠습니다."

2

청심환 하나 주면서 저렇게 진지한 표정을 지을 수도 있구나. 서랍에 넣어 두고 잊어버린 그 약을 다시 꺼내게 된 것은 몇 달 후 일어난 떠들썩한 사건 때문이었다. 작년 쇼팽 콩쿠르에서 2등을 수상했던 피아니스트의 독주회에서 별안간 연주자가 사라졌다. 말 그대로 물리적으로 증발했다. 연주 중이던 라흐마니노프 <피아노 협주곡>은 중간에 끊겼고, 마지막으로 누른 건반 음의 진동만이 콘서트홀을 유유히 배회하다가 그마저 사라졌다. 순간의 정적을 모두 공유한 후에야 관객들은 소리를 내며 아연실색했다. 연주자는 다시 나타나지 않았다. 수백 명이 목격자였다. 곧 피아니스트 증발 영상은 뉴스와 SNS를 뜨겁게 달구었다. 영상을 본 사람 모두 자신의 눈을 의심했다. 경찰이 콘서트홀은 물론 범위를 넓혀 일대를 샅샅이 수색해도 단서가 나오지 않자 각종 음모론을 제기하는 유튜버들의 조회수가 상한가를 쳤다.

누군가는 사라진 피아니스트가 인터뷰했던 장면을 캡처하여 눈을 확대한 뒤 눈동자에 파충류처럼 세로줄이 길게 나 있는 사진을 주목하며, 사라진 피아니스트는 인간이 아니라 외계 파충류라고 주장했다. 일명 렙틸리언 음모론이었다. 그 이미지는 촬영장의 조명 반사로 생긴 흔한 현상일 뿐이라는 영상 전문가의 무미건조한 의견을 좋아하는 사람은 별로 없었다. 이번 사건은 렙틸리언들이 숨겨 왔던 초감각 순간이동 능력을 지구인에게 보여 줌으로써 그들 존재를 드러내 보인 것이며, 지금으로서는 이 신호가 지구에 우호적인지 적대적인지 알 수 없기 때문에 연이어 터질 다음 사건을 기다려야 한다는 주장은 쉽게 종말론으로 이어졌다. 생존 배낭과 서바이벌 키트를 다루는 온라인 쇼핑몰은 한동안 물량 부족에 시달려야 했다.

공대생들이 만든 과학 채널은 당일에 피아니스트가 입은 옷, 턱시도에 주목했다. 무대로 걸어 나와 의자에 앉을 때까지의 영상을 돌려 보며 턱시도가 인체의 운동 방향에 맞게 휘날리지 않는 점을 문제 삼았다. 그들은 이 옷을 특수 제작된 투명 망토라고 주장했다. 영상 첫머리에 <해리포터>의 장면을 삽입한 후, 이 영화를 떠올렸을 순진한 이들에게 양해를 구한 다음 과학적 설명을 이어갔다. 마이크로파 영역에서 음의 유전율을 가진 메타물질로 옷을 설계하고, 표면으로 빛을 산란하는 나노 안테나로 턱시도 겉을 덮으면 빛이 완벽하게 굴절되어 적어도 가시광선 영역에서는 사물을 사라지게 만들수 있다는 원리를 나열했다. 이론적으로만 가능했던 기술을 누군가 개발한 것이고, 피아니스트가 연주 도중에 옷 어딘가의 버튼을 눌러 활성화시킨 사건이라 확신했다. 메타물질 어쩌고의 설명을 이해하는 사람은 거의 없었다. 그러나 각종 복잡한 수학 공식과 도형, 그래프,

그리고 저명한 외국 물리학 박사의 논문을 번역해서 자료화면으로 제시하자 사람들은 굳건한 믿음을 주었다.

그날도 밥을 먹으며 유튜브를 보고 있었다. '증발 사건과 관련한 브로커 양심선언'이라는 영상을 무심히 클릭했다. 모자이크 처리된 사람이 말을 한다. 실은 그 피아니스트가 자신이 중개한 약물을 복용한 것이다, 그 약은 과거로 잠깐 이동하는 타임 리프 효과가 있다, 피아니스트가 완전히 사라진 이유는 약의 부작용 때문이다, 라는 주장이었다. 나도 음모론 하나 만들어서 채널이나 키워 볼까, 라고 생각하며 다음 영상을 클릭하려는 순간 소름이 돋았다. 브로커가 공개한 약의 포장지는 몇 달 전 바에서 만난 조율사가 건네준 그것과 굉장히 흡사했다. 서랍을 열어 확인했다. 틀림없었다. 파란 봉지에 가운데 역삼각형 금박 문양. 이게 청심환이 아니란 말인가.

3

약에 동봉된 설명서를 허겁지겁 펼쳐 읽었다.

1. 복용하면 최대 30초 전 과거로 되돌아갈 수 있다.

2. 효과는 24시간 지속된다.

3. 이 약은 오직 피아노 건반 음에만 반응한다. 연주 중 페달을 빠르게 세 번 연속으로 누르면 활성화된다.

＊주의사항: 열 번 이상 연속으로 사용할 경우 블랙홀이 생성될 가능성이 있음.

약봉지를 뜯었다. 세 알이 들어 있었다. 식은땀이 흘렀다. 피아니스트가 증발한 사건과 이 파란 약이 정말 상관이 있는 걸까. 추측이 맞는다면 사라진 피아니스트는 약을 복용하고 타임 리프를 너무 많이 시도한 나머지 사건의 지평선 너머로 떠내려간 것이다. 음, 시간 여행에 블랙홀이라니… 차라리 파충류 외계인이 투명 망토를 입고 거리를 활보하는 시나리오가 더 설득력 있지 않을까. 설령 이 약이 사실이라고 해도 세계 정상급 피아니스트가 열 번이나 넘게 되돌아갈 이유가 있을까. 어느 쪽이든 말이 안 된다. 어딘가 찜찜해서 약을 복용해볼 엄두는 나지 않았다. 브로커의 진술이 나온 만큼 사건의 추이를 지켜보기로 했다.

아나나 다를까. 몇 주 뒤에는 신원을 밝히지 않은 현직 피아니스트의 양심선언이 이어졌다. 자신도 그 약을 먹어 본 적이 있으며 시간을 되돌릴 수 있다는 브로커의 말은 진짜라는 인터뷰가 유력 일간지에 실렸다. 과학자들은 가만있지 않았다. 어떤 사람이 과거로 돌아가 그의 조상을 죽인다면 애초에 시간 여행의 주체는 존재조차 할 수 없다는 '할아버지 역설'로 시작하는 반박 칼럼이 실렸다. 과거로의 시간 여행은 물리 법칙에 위배된다는 것이다. 백 보 양보하더라도 선택을 되돌릴 때마다 다중 우주를 분화시켜야 하는 무리한 가정을 해야 한다며 인터뷰이의 말을 최소한의 검증 없이 실은 매체를 비판했다. 그럼 사람이 갑자기 사라진 현상을 물리 법칙으로 설명해 보라는 댓글이 수없이 달렸고 과학자들은 말할 수 없는 것에 침묵했다. 어느 심리학자는 집단 환각 가능성을 내비쳤지만 사라진 피아니스트에 대한 명확한 설명은 그 누구도 하지 못했다.

이 모든 소동이 한바탕 해프닝으로 판명된다고 하더라도 약 먹을 용기는 없었다. 만에 하나 잘못되어 사라지면 어떡하나. 더 큰 두려움은 사라짐 이후였다. 증발한 피아니스트처럼 많은 목격자를 보유하고 사라지는 건 나 같은 무명의 피아니스트에게는 기대할 수 없는 일이다. 오심으로 퇴장을 당했는데 같은 팀의 항의도, 심지어 상대편의 환호도 없이 쓸쓸히 경기장 밖으로 걸어 나가는 선수의 심정이랄까. 약 먹고 피아노 연습하다가 홀로 사라지기라도 한다면, 내 증발을 누가 알까. 언젠가 마음먹고 활발히 업로드하던 SNS를 세 달 동안 끊어 본 적이 있다. 날 찾는 사람이 있을까? 침묵으로 관심을 구걸하는 구차한 방법이었다. 예감은 틀리지 않았다. 날 찾는 이는 물론 내가 SNS를 끊은 사실을 인지한 사람조차 없었다. 나는 그때 이미 증발을 경험했다. 온라인 고독사. 인기 없는 자의식 과잉 환자의 최후였다. 온라인 관계에 극한 허무를 느끼고 모든 팔로워를 경멸하는 것으로 마음의 복수를 준비했지만, 그마저도 실패했다. 나 역시 다른 친구의 SNS 증발을 최소 반년 안에 알아차린 경우는 없었던 것이다.

사라짐에도 유명세가 필요했고 증발에도 위계가 있었다. 복잡한 심경으로 서랍 속 파란 약을 응시했다. 증발할 자격조차 되지 않는 나는 위험을 감수하고 싶지 않다. 이미 증발한 내가 또 증발할 수는 없다. 나라도 나를 지키고 싶다. 곧 예정되어 있는 중요한 무대를 잘 마무리한다면 연주자로서 내 미래는 잘 풀릴지도 모른다. 마음 휘둘리지 않고 내 갈 길을 가자. 느리더라도 꾸준히 하다

보면 좋은 날이 꼭 찾아올 것이라 다짐했다.

4

약을 복용한 피아니스트가 얼마나 되는지는 아무도 알지 못했다. 무대에 오르는 모든 피아니스트는 용의자 신세가 되었다. 특히 한 번의 미세한 실수도 없이 완벽한 연주를 해낸 피아니스트에게는 의심의 눈초리가 가해졌다. "저는 약을 복용한 적도 없고 따라서 과거로 시간을 되돌려 실수한 부분을 만회하지도 않았습니다." 연주를 마친 피아니스트들은 모두 똑같은 말을 내뱉었지만 불행하게도 결백을 증명할 방법은 아직 없었다. 양심선언을 한 익명의 피아니스트에게는 비난이 쏟아졌다. 명백히 관객을 모독한 대가로 그간 공연 수익을 모두 환불해야 한다는 여론이 지배적이었다. 그의 신상을 추적하는 디지털 탐정들은 열을 올렸다. 양심선언자를 향한 집단적 비난은 약물 복용자와 약의 정체를 더 미궁에 빠지게 만들 뿐이라는 의견도 간혹 들렸지만 대세를 바꾸지는 못했다.

동시에 온라인 쇼핑몰에서 그 약이라며 가짜를 판매

하는 사기꾼들은 큰돈을 벌었다. 파란 약의 비도덕적 효과 때문에 피아노 콩쿠르의 권위는 상당한 타격을 받았다. 세태를 지켜본 어느 중견 피아니스트는 의견을 밝혔다. "이 모든 논란에는 예술가에 대한 존중이 결여되어 있다. 예술이란 무엇인가? 오탈자 없는 글이 노벨 문학상을 받는 것은 아니듯, 단지 실수 없는 연주가 훌륭함을 결정하는 기준은 아니다. 실력 없는 연주자가 파란 약을 먹고 시간을 천 번 아니 만 번을 되돌려 다시 연주한다고 해도 감동의 크기는 달라지지 않는다. 결정적으로 피아니스트는 틀리지 않기 위해 연주하는 직업이 아니다."

멋있는 말이었지만 당장 자신의 미래를 단판 승부로 가려야 하는 입시생과 콩쿠르 지망생의 귀에는 한가한 소리나 다름없었다. 예술이야말로 순위 싸움의 가장 치열한 전장이다. 관객과 심사위원 몰래 최대 30초 단위로 시간을 열 번까지 되돌려 한 곡을 연주할 수 있다면, 타고난 천재적 실력을 갖추지 않은 이상 그 약을 복용한 사람이 절대적으로 승리할 수밖에 없는 불공정한 게임이다.

한 젊은 문화 평론가는 '파란 약이 은폐하는 현실'이라는 제목으로 긴 글을 올렸다. "논의의 '전선' 자체를 바꿔야 한다. 파란 약을 향한 비난과 열광, 이 '이중적 현상'

은 '예술'에 획일적인 잣대로 '순위'를 매겨 온 환경에서 탄생했다. 예술은 현실과 유리된 채로 '그들만의 리그'에서 얼마나 오래 비가시적으로 작동해 왔는가. 개인의 고유한 스토리나 사회적 환경을 무시하고 오로지 '순수한 공간'에서 '순수한 작품'을 감상할 수 있다는 그 '믿음', 결과 지향적인 '스펙터클 예술', 그 지독한 '모더니즘적 사고방식'을 '탈영토화 할 때가 왔다."라는 논평이었다. 어딘가 맞는 말 같았지만, 작은따옴표를 남발하는 문장들을 끝까지 읽은 사람은 소수에 불과했다. 글은 그의 몇몇 친한 지인들만이 격한 공감을 표하며 공유되었다.

5

새집으로 이사를 했다. 친구들을 초대하고 홈 파티를 열었다. 술병이 꽤 쌓일 때쯤 피아노 연주 요청이 쇄도했다. 이제 방음 시설을 갖춘 덕에 옆집의 노크 소리를 걱정하지 않고 마음껏 피아노를 칠 수 있다. 맨정신은 아니었지만 마음에 드는 친구에게 어필할 절호의 찬스였다. 레퍼토리 중 가장 자신 있고 로맨틱한 곡, 드뷔시의 <아라베스크 1번>을 들려주리라 결심했다. 친구들은 인스타그램에 업로드할 영상을 찍기 위해 분주했다. 태그 세례를 받는다면 내일쯤 '취중진담'이라는 글씨를 얹어 스토리에 공유할 계획까지 세웠다. 이렇게 첫 신호를 은근히 보내고 호감을 얻은 후에 식사나 같이 하자고 할까? 첫 데이트는 아무래도 여러 선택지가 있는 이태원 쪽이 낫겠지? 식사 후에 산책보다는 드라이브가 좋으려나? 참, 사귄 다음에 애칭은 뭐로 할까… 망상이 현실이 되기 위해선 지금 피아노를 잘 쳐야 한다.

즉흥적으로 마지못해 피아노로 가는 척했지만 실은 이럴 상황이 올 줄 알고 3일 전부터 맹연습을 했었다. 취중 연주라는 돌발 상황을 대비해서 하루는 일부러 소맥을 말아 먹고 연습한 적도 있었다. 원래 눈 감고도 치는 곡이었기 때문에 개처럼 마시지 않는 이상 연주는 무리가 없다는 것을 미리 확인했다. 운전면허에도 이런 식으로 취중 면허를 따로 발급하는 제도는 왜 없을까. 아무튼 모든 준비는 끝났다. 얼굴 천재가 아닌 나 같은 사람이 사랑을 시작하려면 치밀한 연출가, 뛰어난 연기자가 되어야 한다. 손동작을 일부러 과장해서 눈높이까지 올린 다음, 슬로우 모션처럼 드라마틱하게 내리며 첫 음을 터치했다. 영혼을 격하게 표출하는 피아니스트 랑랑의 연주 모션도 이보다는 덜 느끼할 것이다. 그러나 오늘은 좀 느끼해도 된다.

너무 긴장한 탓이었을까. 네 마디를 넘기지 못하고 손가락이 멈춰 버렸다. 있을 수 없는 일이었다. 의식을 잃는다 해도 손가락이 알아서 건반을 찾을 정도로 오랜 기간 숙련된 곡이었다. 머리가 하얗게 변했다. 무대 공포증이 있긴 하지만 이 정도의 떨림은 그간 수십 차례의 크고 작은 무대에서 충분히 감당했던 이력이 있다. 연주 중 까먹은 경우가 없었던 것은 아니다. 이럴 때는 손의 복원력을 믿어야 한다. 위기 대처 능력이야말로 프로의 자질이다. 당황하지 않으려 애쓰면서 다음 건반을 찾았다. 연이어 엉뚱한 음을 누르고 말았다. 피아노에 전혀 식견이 없는 사람도 틀린 음을 눌렀다는 것을 명백히 인지할 정도였다. 여태까지 공연에서 큰 실수가 없었던 것은 단지 행운이었고 이게 내 본모습은 아닐까. 휴대폰을 들고 촬영하는 친구들의 민망한 손이 등 뒤로 느껴졌다.

재치를 발휘했다. 실은 아까부터 화장실이 급해 죽을 거 같았다며, 다녀온 후에 제대로 하겠다고 말했다. 화장실에서 마음을 가다듬었다. 그러나 악보와 손가락 위치를 떠올리려 할수록 생각이 지워졌다. 평생 안 쳐 본

곡처럼 생경하고 낯설었다. 오늘을 이렇게 실패로 보낸다면 아마 평생 트라우마로 남을지도 모른다. 거울 뒤 수납장 안쪽에 보관해 둔 파란 약을 꺼냈다. 이 세상에서 사라질지도 모른다는 두려움은 적당한 취기가 물리쳤다. 냅다 삼켰다. 약의 효과는 알려진 대로였다. 틀릴 때마다 페달을 세 번 연속으로 빠르게 밟으면 주변이 번뜩 암전된 후에 몇 초 혹은 몇십 초 이전의 과거로 돌아갔다. 네 번쯤 타임 리프를 하고 나서야 마음이 진정되고 도입부의 악보가 생각나기 시작했다. 초장 고비를 넘기니 완곡까지는 일사천리로 진행되었고, 계획대로 다음 날 '취중진담' 글씨를 새긴 스토리를 공유할 수 있었다. 파란 약은 진짜였다.

6

무엇을 선택할 수도 있고 거부할 수도 있다. 즉 결정권이 주어진다. 살아온 인생에 따라, 각자의 취향에 따라 사람들은 알맞은 결정을 할 것이다. 스마트폰을 거부하거나 병원 치료를 거부하는 사람도 여전히 존재한다. 개별 사람 단위를 넘어서 한 도시, 아니 한 시대라고 가

정해 보자. 시대는 무엇을 선택하고 거부할 수 있을까? 특히 테크놀로지의 발달 앞에서 문명은 그럴 능력이 있음에도 불구하고 '거부' 버튼을 누를 수 있을까? 인공지능 로봇, 유전자 조작, 복제 인간 등 과학이 목표 지점에 성큼 다가갈수록 사람들은 그것이 불러올 재앙이나 디스토피아적인 미래를 강박적으로 그린다. 방어 기제를 구축한다. 마치 거부라도 할 수 있을 것처럼.

어떤 상황은 선택지의 존재 자체가 결정론적 우주론처럼 미리 답을 상정하고 있다. 항해의 발명이 곧 침몰의 발명이라는 사실을 모르는 사람은 없었다. 세상은 한 방향으로 흐른다. 가을이 겨울을 고발하지 않는 것처럼 시대는 윤리적 판단을 하지 않는다. 그럼에도 사람들은 뭘 선택했다고 믿는다. 자유 의지로 선택했다는 그 믿음마저 없으면 안 되니까. 파란 약이 내 손에 있다. 시간을 되돌릴 수 있다. 과거로 가서 실수를 만회할 수 있다. 밤에 이불킥을 안 해도 된다. 인생 1회차, 롱테이크 촬영 기법 안에서 살고 있는 우리의 삶에 NG의 가능성이, 컷 편집의 가능성이 놓여 있다. 거부할 수 있을까? 처음에는 저항한다. 거부할 이유가 백만 개다. 그러나 결국에는 입에 넣고, 꿀꺽 삼키게 된다. 나처럼.

7

파란 약을 복용했다고 고백하는 사람들이 점점 많아 졌다. UFO 목격담처럼 대부분 관심 종자들의 거짓말 이었지만 파란 약에 관한 이야기는 수요가 많았고 그만 큼 팔렸다. 파란 약의 영향력이 점점 퍼져 가고 있다는 조짐도 보였다. 어느 통계 회사에서 최근 피아노 콩쿠 르 응시자들의 연주를 분석했더니 그전에 비해 뚜렷하 게 미스 터치 빈도가 낮아졌더라는 뉴스가 들려왔다. 또 연주가의 실력이 확실히 상향 평준화되었다고 느낀다는 어느 콩쿠르 심사위원의 사견도 가세해 신빙성을 더했 다. 이에 의사들은 다리를 꼬며 다른 해석을 내놓았다. 통계의 실체는 가짜 약으로 인한 일시적인 플라시보 효 과일 뿐이라고 일축했다.

대중의 관심이 파란 약에 쏠리자 전유와 패러디에 능 한 영민한 어느 미술가는 기회를 놓치지 않았다. 부들부 들 떨고 있는 손, 패닉이 된 보랏빛 얼굴색에 적절히 뭉크 의 <절규>를 합성한 이미지, '제1회 피아노 무대 공포 페 스티벌'이라는 타이틀, '세계 최초 파란 약 도핑 테스트' 라는 홍보 문구가 실린 웹자보를 공개했다. 장난삼아 올 린 웹자보가 폭발적인 반응을 얻자 미술가는 실행에 옮기기로 결심했다. 기획팀을 확충하고 텀블벅을 열어 목표액을 가볍게 수금한 뒤 소규모 콘서트홀을 대관했다.

참가자는 피아노와 아무 관련도 없는 일반인부터 전공생까지 다양했다. 관객석의 반응은 독특했다. 실수 없는 비인간적인 연주자에게는 우레와 같은 야유가 쏟아졌고, 미스 터치를 연발하거나 중간에 곡을 까먹은 연주자에게는 기립 환호성을 아낌없이 주었다. 객석 반응에 더해 심사위원은 참가자의 손 떨림, 식은땀, 동공 지진 강도를 육안으로 측정하여 합산 점수를 매겼다. 이 코믹한 대회에 무대 울렁증을 극복해 볼 요량으로 참여한 몇몇 입시생도 있었다. 실수를 장려하는 무대에서 그들은 오히려 한 치의 실수도 없는 완벽한 연주를 선보여 무한한 자기만족과 관객의 야유를 동시에 얻는 진풍경이 벌어지기도 했다.

이벤트가 화제가 되자 각종 기사, 평론가들의 리뷰가 활개를 쳤다. 전국대학거부운동본부는 '패자 없는 경쟁 시스템, 우리 사회가 나아가야 할 길'이라는 성명을 발표했고, 어느 영화감독은 <파란 약 대신 빨간 약을 삼킨 사람들>이라는 제목으로 참가자들의 인터뷰를 모아 장편 다큐멘터리를 준비했다. 최초 기획자는 각종 매체에 인터뷰를 하러 다니느라 시간이 모자랐다. "머릿속에 있는 것을 그대로 재현하는 행위는 가장 낮은 형태의 예술입니다. 훌륭한 예술은 하나의 사건이고 항상 중간에서 일어납니다. 계획을 벗어난 영역, 실수, 돌발성, 우연이 없었다면 역사적으로 위대한 작품들이 탄생하기나 했을까요? 실수는 배척할 대상이 아니라 오히려 정체성으로 삼아야 합니다. 실수는 새로운 차원으로 예술적 완성도를 이끄는 촉매제라는 것을, 진정한 예술가들은 오래전부터 알고 있었습니다. 예술에서 파란 약은 사형 선고나 다름없습니다."라며, 처음에 장난식으로 웹자보를 만들 때는 전혀 고려하지 않았던 기획 의도를 마치 오래전부터 생각해 온 것마냥 달달 외워 실수 없이 답하곤 했다.

무대 공포 페스티벌이 화제가 되자 온라인에서는 '#빨간손피아노'라는 태그로 챌린지 유행이 퍼졌다. 완벽한 연주만을 올리던 피아노 관련 크리에이터들은 좀처럼 보여 주지 않았던 모습을 주 콘텐츠로 삼기 시작했다. 믿을 수 없을 정도로 손가락을 더듬으며 초견하는 영상, 완전히 망친 공연 실황에 사람들은 '이게 진짜'라며 열광했다. 실수투성이 콘텐츠가 조회수를 먹기 시작하자 돈 냄새를 맡은 장사꾼들이 이 판에 개입했다. 무리 없이 연주할 수 있는 곡을 일부러 틀린다든지, 좌절의 표정 등 '인간적인' 면모를 한껏 뽐내며 정교하게 실수를 디자인하기 시작했다. "매일 기계처럼 퇴근만 기다리는 저의 우울한 삶에 한 줄기 빛이 되어 준 것은 오로지 피아노였어요. 시작한 지 얼마 안 되어서 더디지만, 저 같은 평범한 직장인들에게 위로를 주고 싶어요."라고 고백하던 크리에이터 '슈슈네 피아노'가 첫 논란의 도마에 올랐다.

슈슈는 퇴근 후 매일 한 시간씩 연습했다는 느린 템포의 곡을 라이브 방송에서 연주했다. 걸핏하면 건반을 잘못 누르거나 까먹기 일쑤였고 결국 3분짜리 곡을 5분에 걸쳐 완곡하게 된다. 끝까지 악보를 보며 포기하지 않는 모습, 속상해하는 연주자의 안타까운 표정… 그는 마지막 음을 누른 순간 참았던 눈물을 왈칵 쏟아 내어 건반 위로 떨어뜨렸고, 그 장면에서 시청자들의 심장도 함께 울었다. 개인적인 역경을 딛고 마라톤 대회에서 꼴찌로 완주한 선수에게 아낌없이 응원하는 마음이었다. 이 영상으로 채널의 인기는 수직 상승한다. 그러나 평범 직장인 휴머니즘 눈물콧물 위로 쇼를 벌이던 그가 사실 피아노 전공생이었다는 사실, 그가 예전에 어느 콩쿠르에서 쇼팽 <에튀드 4번 C# minor>를 손이 안 보일 정도로 현란하게 연주하는 실황 영상이 폭로되자마자 그는 자취를 감췄다. 배우를 방불케 하는 라이브 방송에서의 저 능숙한 연기, 태연스럽고 자연스러운 실수도 사실 파란 약 복용 효과가 아니냐는 의혹도 따랐다. 이후에도 크리에이터 간의 폭로전은 한동안 이어졌고, 실수를 향한 대중의 열광은 차갑게 식어 갔다. 피아노를 둘러싼 부정적 이슈들이 연이어 터지자 피아노와 피아니스트의 위상은 날이 갈수록 추락했다.

8

연애는 실패했다. 약물을 복용하고 경기에서 패배한 운동선수 신세가 되었다. 파란 약은 만병통치약이 아니었다. 내 연주를 좋아하면 내게도 호감이 있을 거라는 대단한 착각과 돌직구 고백, 영원히 반복되는 이 지옥의 패턴을 없애 주는 약은 개발이 안 될까. 이루지 못한 사랑보다 더 괴로운 것은 엉겁결에 시간을 되돌렸다는 사실이다. 난 독배를 마셨다. 연주자로서 해서는 안 되는 반칙을 했다. 관객 앞에서 몰래 치트키를 썼다.

그렇지만, 아는 사람은 아무도 없다. 나만 입을 닫는

다면 완전 범죄다. 사람은 누구나 한 번은 잘못된 판단을 할 수 있다. 앞으로 그러지 않으면 된다. 굳은 다짐과 함께 남은 파란 약 두 알을 쓰레기통으로 가져갔다. 눈을 질끈 감았다. 버릴 수 없었다. 지구가 멸망한다고 해도 아무도 못 찾을 만한 깊숙한 장소에 다시 보관했다. 금연을 선언하면서도 왜 담배를 버리지 않느냐는 주변인의 질문에 '곁에 지니고도 피우지 않는 것이 진정한 금연'이라 답하는 흔한 금연 실패자의 헛된 다짐과 같을까. 모르겠다.

　괜히 더 큰 다짐을 했다. 저 약을 다시 사용한다면 나는 사람도 아니다. 그 즉시 은퇴를 선언하겠다. 은퇴뿐 아니라 평생을 속죄하는 마음으로 예술 근처에는 가지도 않겠다. 가상의 체벌을 하고 나니 한결 마음이 편해졌다. 조율사 생각이 났다. 그는 누구일까? 파란 약 브로커일까? 도대체 몇 명에게 접근해 약을 건네줬을까? 세상이 이렇게 떠들썩한데도 약의 진원지에 대해서는 티끌만 한 실마리도 밝혀지지 않았다. 미래에서 온 사람일까? 약도 미래에서 제조된 것일까? 혹시 그 미래는 이 약물을 복용하는 것이 아무런 윤리적 문제가 되지 않는 시대가 아닐까? 시력 나쁜 내가 안경을 쓰는 것이 비도

덕적이거나 반칙이 아닌 것처럼 인간의 태생적으로 부족한 기능을 끝없이 보완하는 방향으로 역사는 진보해 왔다. 피아니스트가 불필요한 무대 공포의 위협에서 벗어나고 준비한 실력을 100프로 관객에게 보여 줄 수 있다면, 그래서 연주자와 관객 모두 만족한다면, 도대체 피해자는 누구인가? 다만 공정성을 위해 모든 피아니스트에게 파란 약이 제공되어야 한다. 그때까지는 숨죽이고 기다리자.

실수의 미학이라고? 웃기지 마라. 평론가들에게는 달콤한 말이겠지만 당장 대기실에서 벌벌 떨고 있을 연주자에게는 씨알도 안 먹힐 말이다. 실수로부터 위대한 작품이 탄생한다는 말 자체를 부정하는 것은 아니다. 확률의 문제다. 그래 뭐, 로또 1등도 이론적으로는 얼마든지 가능하다. 그 주인공이 네가 아니고 내가 아닐 뿐이다.

나는 반칙자가 아니라 실은 다가올 미래 기술의 얼리어답터다. 베타 테스트 플레이어, 개척자다. 이 또한 착각일까? 진보하는 기술의 방향이 가리키는 지점은 어디일까? 미래의 미래의 미래에는 사람이 악기를 연주할 필요가 있기나 할까? 기존에 제시된 훌륭한 연주만을 학습해서 최상의 무대를 선보이는 연주 로봇이 등장하는 것은 필연일 텐데. 혹시 파란 약을 먹는 인간은 시대의 과도기에만 잠깐 나타났다가 사라지는 PC 통신 단말기 같은 존재는 아닐까? 머리가 터질 듯이 아파 왔다. 불을 끄고 이불을 뒤집어썼다.

9

극장에 앉아 스크린을 바라본다. 검은 바탕에서 흐릿한 형상이 점점 페이드인 된다. [휘이이잉 ─ 거친 바람 소리] 음악과 함께 타이틀이 나온다. <피아놀라>. [♪ 잔잔한 분위기의 피아노 연주곡] 1900년대 초, 완벽한 레코딩 시스템이 발명되기 직전, 순간 유행하고 사라진 피아노 자동 연주 기계라는 자막이 이어진다. 피아놀라와 사람이 함께 찍힌 빛바랜 흑백 필름이 빠르게 지나간다. [사르르륵 ─ 필름 넘어가는 소리]

[♪ 음산한 분위기의 피아노 연주곡] 씬은 바뀌어 거대한 들판이 풀샷으로 잡힌다. 자동도 아니고 수동도 아니며 피아노도 아니고 재생기도 아닌 이 모호한 첨단 기술, 피아놀라 앞에 내던져진 사람들이 기계와 함께 한 쌍으로 여기저기 흩어져 있다. 카메라는 그들을 향해 점점

클로즈업 된다. [구우우 구우우―기계 돌리는 소리] 오리 배를 타듯 연신 기계 앞에서 두 발을 굴리며 음원 페이퍼 롤을 작동시키는 사람, 연주자도 청취자도 아닌 위치에서 어색한 움직임을 하는 사람, 지금은 아무도 기억하지 않고 역사 속 고증으로만 존재하는 사람들이 동시에 뒤를 돌아본다. 그들 얼굴은 온통 파란색이다. [♪ 피아노 소리들이 겹쳐 시끄러운 분위기 음악]

팝콘을 씹다가 입술을 깨물었다. 기겁을 하기도 전에 그들은 감쪽같이 사라진다. 사라진 자리에는 유서가 한 장씩 놓여 있다. 종이들은 곧 바람에 휘날려 앵글 밖으로 없어진다. 다시 카메라는 줌아웃되고 풀샷으로 전환된다. 황량한 벌판만 남아 엔딩 크레딧이 올라간다. 뭐 이런 영화가 다 있어. 그런데 크레딧은 멈출 기미가 없다. 모르는 이름들이 영원토록 나열된다. 영화는 끝나지 않는다. 주위에는 아무도 없다. 극장 출구로 가 봤지만 모두 봉쇄되었다.

이불을 걷어차며 일어났다. 식은땀을 닦았다. 밖은 아직 깜깜하다.

10

공연을 하나 예매해서 앉아 있다. 잘 몰랐던 피아니스트지만 세상의 파도에 휩쓸리지 않고 오로지 외길 인생을 고집하는 실험적인 아티스트라는 홍보 문구가 와 닿았다. 직업적 권태기에 빠지거나 요즘처럼 마음이 혼란할 때는 이렇게 신선한 무대에서 에너지를 받을 때가 많았다. 파란 약을 겨냥하는 듯한 <UNDO>라는 독주회 제목을 나만 의미심장하게 여긴 것은 아니라는 듯 공연장은 사람들로 붐빈다. 공연이 시작되기 전, 무대 한가운데 은은한 조명을 받고 있는 피아노는 언제나 봐도 설렌다. 이 순간을 즐기기 위해 공연장을 자주 찾는지도 모르겠다.

턱시도를 입은 평범한 행색의 연주자가 등장한다. 약간 실망했다. '실험적인 아티스트'라는 수식어를 너무 의식했나? 현대 무용가처럼 검은 실크 천으로 만들어진 널찍한 옷에 맨발이라든지, 아니면 백발 헤어스타일에 잘린 넥타이라도 매고 나오든지, 뭐 그런 패션을 기대했는데. 이것조차 판에 박힌 고정관념일 수 있다. 돌이켜 보면 내가 만나 본 '진짜' 예술가들은 항상 공무원이나 회사원, 혹은 동네 이웃 같은 평범한 외모를 지니고 있었다. 사람들이 기대하는 광인 이미지와는 정반대였다. 그들은 정시에 취침하고 기상하는 규칙적인 생활을 가장 중요하게 여겼다. 일상에서 벌어지는 즉흥적인 변수를 최대한 경계했다.

반면 대학생 때 만났던 몇몇 선배(멍석을 깔아 주면 쥐뿔도 없는 술자리 예술가)들은 텅텅 빈 내면을 감추기라도 하듯 겉치장이 요란했다. 그들이 마른안주처럼 씹으며 강조하던 즉흥성, 우연성, 일탈은 한 번도 그들 작품에서 발현된 적이 없었다. 진부한 놈들. 지금도 어디선가 술잔을 들며 예술을 논하고 있으려나. 이렇게 생각하니 연주자의 평범한 의상에 더 신뢰가 간다. 작품으로 승부하겠지.

그가 피아노 의자에 앉자 박수 소리가 멈춘다. 피아니스트는 잠시 고개를 숙이고 눈을 감는다. 가장 긴장되는 꽉 찬 침묵의 순간이다. 그런데 건반으로 올라가야 할 손이 턱시도 안주머니로 옮겨가더니 뭘 꺼낸다. 장갑이다. 양손에 끼우고 객석을 향해 두 손을 번쩍 들었다. 엄지만 분리된 형태의 투박한 미튼장갑이다. 피아니스트가 장갑이라니, 그것도 네 손가락을 구속하는 장갑이라니 이건 정말이지 예상치 못했다.

연주가 시작됐다. 템포와 세기의 강약 모든 것이 장갑 너머로 표현되는 것이 신기하다. 기괴한 장면에 압도되어 가장 중요한 사실을 나중에 알아차렸다. 이 음악(이것을 음악이라고 불러도 된다면)은 멜로디가 없었다. 어떤 음을 눌러도 같은 음이 나왔다. 88개의 건반을 모두 하나의 음으로 조율해서 세팅한 피아노였다. 피아노는 완벽한 타악기로 변신해 있었다. 연주자는 시종일관 진지하다. 드러머가 무용수의 몸짓으로 연주한다면 이런 소리가 날 것이다. 멜로디 없는 악기에서 멜로디가 느껴지다니.

음악 아닌 음악, 멜로디 아닌 멜로디, 피아노 아닌 피아노, 연주자 아닌 연주자의 무대를 보면서 문득 이세돌과 알파고의 바둑 경기가 생각났다. 바둑이라곤 오목밖에 모르는 내가 그 대국만큼은 한 경기도 빼놓지 않고 시청했다. 그냥 본 것도 아니고 심지어 손에 땀을 쥐고 즐기면서 감상했다. 바둑 룰을 하나도 모르는데 어떻게 가능했을까? 중계방송의 해설자 역할이 컸다. "믿어지지 않습니다!", "충격적인 대응입니다.", "보통 프로 대국에서는 나올 수 없는, 저도 한 번도 상상하지 않았던 수가 지금 나왔습니다."와 같은 해설자의 호들갑은 나 같은 바둑 문외한도 경기의 커다란 흐름을 느낄 수 있게 해 주었다. 또 인간과 인공지능의 바둑 대결은 세기의 사건이라는 것 정도는 모두가 알고 있었다. 그때 깨달았다. 모든 문화적 감상은 맥락으로부터 나온다. 모국어밖에 할 줄 모르는 내가 무자막 외국 영화를 보고 감동을 느낀다거나, 바둑 규칙을 모르는데 이세돌이 신의 한 수를 놓았을 때 환호했던 이유가 여기에 있다. 텍스트는 몰라도 된다. 전후좌우의 상황, 즉 콘텍스트만 알아도 된다. 그러면 뭐든지 감상하고 즐길 수 있다. 특히 예술은 더.

소위 '실험 예술'이라 불리는 것들에 평소 별로 좋지 않은 인상을 가지고 있었다. 뭘 봐야 할지 몰랐고 뭘 들어야 할지 몰랐다. 팸플릿의 해설은 알파고 바둑 중계 해설자처럼 친절하지 않았다. 오히려 알아들을 수 없는 글로 미궁에 빠뜨리기 십상이었다. 그 해설조차 해설이 필요했다. 내 직업상 피아노와 관련된 실험적인 무대를 몇 번 흘겨볼 기회가 있었다. 조성이 완전히 파괴된 음을 멋대로 치는 연주자, 혹은 피아노 현을 직접 손이나 다른 사물로 건드려 '띵뚱퓽퓽뙹뚱띵~' 하는 사운드 앞에서 뭘 느껴야 할까. 나름 피아노 전공자인 내가 소외감을 느낀다면 도대체 이 판은 누가 즐기는 것일까. 그런 음악에도 악보가 있다는 사실이 놀라웠고, 연주가 끝난

후 작곡가가 등장해서 성공적인 무대였다는 듯이 연주자와 포옹하는 장면은 한 편의 사기극 같았다.

어릴 때부터 옆길을 보지 않고 일반적인 루트만을 줄곧 밟아 온 내 지식의 한계일지도 모르겠다. 지금 보고 있는 <UNDO> 독주회도 객관적으로 보면 불친절하고 난해하기는 마찬가지다. 평소 같았으면 별 감흥 없었을지도 모를 이 무대에 격한 공감을 하는 건 바둑 중계를 봤던 경험과 비슷하다. 분명한 맥락이 있기 때문이었다. 시간을 되돌리는 파란 약 현상, 의심받는 피아니스트라는 콘텍스트가 주어지자 난해함은 명료함으로 바뀌었다. 저 장갑은 어떤 유혹과 타협도 거부하겠다는 아티스트의 맹세와 다름없었고, 하나의 음으로 조율된 피아노는 누군가 시간을 강제로 되돌린다고 해도 다시 똑같은 연주를 하겠다는 올곧은 신념이 아니면 무엇이겠는가.

부끄러워졌다. 나는 개척자가 아닌 공연 문화의 배신자일 뿐이다. 집에 도착하면 파란 약을 화장실 변기에 넣고 돌릴 것이다. 인터미션 없이 70분 동안 이어진 연주가 끝나자 환호성이 터져 나왔다. 모두 나와 같은 생각을 하고 있었던 걸까. 한두 사람이 기립하자 모두가 기립했다. 연주자가 퇴장하고도 앵콜을 원하는 관객의 박수 세례가 이어졌지만 그는 다시 나타나지 않았다.

11

인생에서 가장 중요한 무대에 섰다. 평생 갈고닦은 수
련의 칼을 단 한 번 꺼내야 한다면 지금 이 순간이다. 엘
리트 코스를 밟지 못했지만 고독하게 연습했던 시간을
보상받을 찬스다. 파란 약이 세상을 술렁이게 했지만 원
래 권력을 가진 메인스트림은 여간해서는 변하지 않는
법이다. 혁명은 변방에서 일어나고 주류는 가장 나중에
바뀌기 마련이다. 빈센트 반 고흐처럼 죽고 나서야 세계
가 인정하는 예술가? 내가 가장 싫어하는 스토리다. 불
행이 예술의 동력이라고 믿는 19세기 사고방식을 지닌
순진한 사람들에게는 미안한 말이지만, 나는 후대에 잊
히더라도 생전에 수많은 팬을 거느리고 외제차를 모는
성공한 예술가가 되고 싶다.

지금 그 길목에 서 있다. 이름만 대면 다 아는 기업의
'올해의 신인 아티스트' 프로젝트 공모에 1차와 2차를 붙
은 후 최종 3인을 뽑는 자리에 앉아 있다. 운이 좋았나?
아니다. 객관적인 내 실력을 증명한 것이다. 이제 마지막

증명만 남았다. 현재 활동하는 유명한 피아니스트 중의 상당수가 여기서 데뷔했다. 최종 3인으로 선택되면 독주회는 물론 업계의 주목과 관객의 관심을 동시에 얻게 된다. 그만큼 프로모션이 강력하다. 앞선 두 차례의 경선이 피아니스트로서의 기본기를 테스트하는 성격이었다면 3차는 독창성, 음악성을 내보여야 한다. 나는 슈만의 <트로이메라이>를 준비했다. 잘 모르는 일반인들은 쇼팽의 <에튀드>, 리스트의 <초절기교>, 라흐마니노프의 <프렐류드> 시리즈처럼 음표가 많고 속도감 있는 연주에 탄성을 지르지만, 선수들은 안다. 진짜 고수의 실력은 느린 곡, 별로 누를 게 없는 곡, '쉬운 곡'에서 판가름 난다는 사실을.

가장 어려운 곡을 꼽으라는 질문에 항상 <트로이메라이>라고 답했다. 어린아이도 연주할 수 있을 만큼 대중적인 곡이지만 이 음악을 제대로 표현한 사람은 역사적으로도 극히 드물다. 전공생이건 현직 피아니스트이건 누가 연주를 해도 이 곡에서 밑천 다 드러나는 경우를 많이 목격했다. 시대를 풍미한 피아니스트 블라디미르 호로비츠가 마지막 은퇴 무대에서 이 곡을 괜히 선택하지 않았을 것이다. 나는 이 곡을 가장 좋아하고 그만큼 자신도 있다. 평소 연습하던 대로만 연주한다면 결과를 기대해 볼 만하다. 그런데 그게 가장 어렵다. 연습한 대로. 항상 예상하지 못했던 지점에서 변수가 일어나는 장소가 무대다. 군대에서 확인했듯 멀쩡한 사람도 극한 긴장 상태에서는 차렷, 열중쉬어를 구분 못 하고 하나둘셋 숫자도 제대로 못 센다. 하물며 굴삭기로 계란을 집어 올리듯 섬세한 힘 조절을 해야 하는 피아노 연주에서 침착하기란….

그래, 나 파란 약을 삼키고 왔다. 여간해서는 능력을 쓰지 않을 것이고, 심리적 안정을 위해 보험 삼아 복용했지만 만일의 사태가 일어난다면 주저하지 않을 것이다. 배신자, 변절자, 반칙자라고 해도 어쩔 수 없다. 다만 변론의 기회가 주어진다면 할 말은 많다. 내 경쟁 상대들이 파란 약을 복용하지 않았으리라는 보장이 없다. 정직하게 연주를 해서 실수한다면, 상대 연주자들의 파란 약 복용을 증거도 없이 의심하게 되는 병에 오래오래 시달릴 것이다.

이유는 또 있다. 유명한 예술가들이 꼭 그에 상응하는 실력을 갖추고 있는 것인지도 지극히 의심스러운 세상이다. 실력과 관계없는 학연, 지연, 우연찮은 인맥의 기회로 일약 스타덤에 오른 예술가들이 얼마나 많은가. 나도 한 번만 제대로 터진다면 그다음부터는 나만의 동력으로 끌어갈 자신이 있다. 그 한 번이 너무 어렵다. 바늘구멍이다. 나라는 존재를 많은 사람이 알기만 한다면 그 이상은 바라지 않겠다. 모두가 출세를 위해 각기 다른 형태의 파란 약을 복용해 온 세상이다. 나라고 이 기회를 지나칠 이유가 없다.

많이 외로웠다. 아니 고독했다. 외로움은 타인과의 관계이고 고독은 자기 자신과의 관계라고 개념을 나눠 설명들을 많이 한다. 솔직히 둘의 감정이 구분되지 않는다. 원인이 둘 다이기 때문이다. 인정투쟁의 장에서 쿨한 예술가 코스프레하며 초연한 척하지 않겠다. 미래에는 누구나 15분 동안 유명해질 것이라고 앤디 워홀은 예언했다. 어쩐지 나만 빼고 모두들 유명하고 행복한 것 같다. 이 지긋지긋한 상황에서 탈출할 문이 열렸다. 세상은 나를 알 필요가 있다. 사람들은 좋은 예술가를 발견할 권리가 있다. 그들에게 선한 영향력을 끼치고 싶다.

12

무명 가수들이 경연하는 오디션 프로그램을 자주 시청한 사람은 안다. 진정한 고수를 판명하는 데는 오랜 시간이 걸리지 않는다. 전주가 나오고, 마이크를 입에 대고, 숨을 들이마시고, 내뱉는 딱 한 소절, 거기서 게임 오버. 모든 판단이 끝난다. 나머지 시간은 승부가 갈린 후에 펼쳐지는 보너스 스테이지, 갈라쇼다. 피아노도 마찬가지다. 첫 음이 가장 중요하다. 특히나 드뷔시의 <달빛>이나 슈만의 <트로이메라이> 같은 곡은 첫 번째 음을 누르고 두 번째 음표를 터치하는 순간 곡의 클라이막스가 지나간다. 모든 미적 판단이 그 지점에서 결정된다는 것을 내 앞의 심사위원도 당연히 알고 있겠지.

<트로이메라이>는 꿈을 뜻한다. 그래서일까. 특이하게 네 번째 박자에서 첫 음표가 나온다. 본격적인 첫 마디, 그러니까 꿈으로 이어지는 디딤돌 역할이다. 아주 살짝 그러나 진한 느낌을 내야 하기 때문에 절대 쉽지 않은 터치다. 실패했다. 팔에 힘이 너무 들어가서 경망스러운 소리를 내고 말았다. 내가 심사위원이라면 첫 음만 듣고 탈락시켰을 것이다. 시간을 되돌렸다.

다시 호흡을 크게 하고 공기를 절반쯤 내뱉었을 때 검

지를 충분히 내리면서 무채색의 '도'를 눌렀다. 그래 이 거지. 이제 무채색의 공간에 돌멩이를 하나 던져야 한다. 여기서 주의해야 한다. 고요함을 깨뜨리는 파괴자로서의 돌멩이가 아니다. 무감한 시공간에 변화를 주어 생명을 잉태하게 만드는 긍정적인 신호여야 한다. 돌멩이가 떨어지는 지점에서 고요한 강물이 탄생한다. 사방으로 뻗어 나갈 수 있도록 소환술사의 마법처럼 눌러야 한다. 두 번째 음, '파'는 그런 역할이다. 한 번에 성공했다. 앞으로의 여정에 탄탄한 밑그림을 마련한 셈이다. 반장이 전부인 짧은 곡에서 이 부분은 일곱 번이나 반복된다. 음표는 같지만 느낌은 반복되어서는 안 된다. 돌멩이를 던질 때마다 새로운 색깔의 물결이 일렁여서 강물 표면을 뒤덮어야 한다. 그래야 내가 준비한 완벽한 이미지를 보여 줄 수 있다.

네 번째 마디까지는 열린 구름 사이로 빛이 강물을 비추고, 여덟 번째 마디에서는 별안간 눈이 내린다. 바람을 타고 평화롭게, 초고속 카메라로 찍은 듯이 아주 천천히. 여기까지 작곡가 슈만의 메시지가 들리는 듯하다. '나는 너를 위로해. 들키지 않게, 그러나 절대적으로.'

그러나 평화만 있다면 이야기가 되지 않는다. 위기가

찾아온다. 라흐마니노프처럼 악령을 불러일으키듯 무시무시한 저음의 연쇄 폭격이 있어야만 시련, 위기, 공포, 두려움이 표현되는 것은 아니다. 때론 고개를 살짝 돌리고 나쁜 상상을 하는 것만으로도 온몸에 소름이 돋는다. 열 번째 마디부터의 조성 변화 G minor는 지나온 고통의 순간을 슬쩍, 그러나 강렬하게 보여 준다. 그러나 곧 B♭ major로 분위기가 전환되며 살포시 뒤에서 등을 쓰다듬어 준다. '그런 순간도 다 이겨 냈잖아. 앞으로도 잘 해낼 거야.'

그래 잘 해내고 있다. 거의 다 왔다. 가장 격렬한 감정을 담아 최대한 작은 소리를 내야 하는 스물두 번째 마디만 잘 표현하면 된다. 일곱 개 음을 동시에 눌러야 하지만 건반 하나를 지그시 누르는 것과 음량이 동일해야 한다. 고도의 테크닉과 예술성을 동시에 요구하는 부분이다. 순간 가슴이 요동쳐서 손끝에 힘이 너무 풀렸다. 소리가 안 나게 눌러 버렸다. 정말 미세한 차이로. 또 시간을 되돌렸다. 이제 죄책감도 별로 느껴지지 않는다. 오히려 이 약이 공정하다는 생각까지 든다. 잘 생각해 보라. 사람마다 타고난 정신적 컨디션은 다르다. 같은 상황에서도 다른 몸과 마음이 작동한다. 노력으로 극복 가능한 범위가 사람마다 다르다. 무대 공포증이 유난히 심한 피아니스트를 두고 프로의 자질이 어쩌고 하는 말들이 가장 싫다. 한 사람의 타고난 연약한 부분을 그 사람의 개인적 잘못이라 여기는 시선은 차별이다.

물론 안다. 극복 서사는 아름답다. 그러나 모두가 그 주인공이 될 수는 없다. 하지만 일곱 개의 손가락을 가진 사람에게 열 개의 건반을 동시에 터치 못 하냐고, 왜 더 노력하지 않느냐고 면박을 주는 것이 정당한가? 주어진 환경과 몸의 상태를 온전한 노력의 결과라고 자평하며 그 범주에 들지 못하는 이들을 비난하기는 얼마나 쉬운가. 원래 가진 사람들은 자기가 뭘 가졌는지조차 인식하지 못한다. 특별한 노력 없이도 무대를 즐기는 타고난 피아니스트들도 많다. 반면 나처럼 온갖 노력을 해도 벽에 부딪치는 사람도 있다. 파란 약은 이렇게 기울어진 운동장을 바로 세워 공정한 경쟁을 하게 만드는, 어떻게 보면 진즉 나왔어야 할 장치다. 나는 부끄럽지 않다.

블라디미르 호로비츠가 은퇴 무대에서 연주한 <트로이메라이> 영상에는 연주만큼이나 유명한 장면이 있다. 객석의 한 신사가 눈물을 흘리는 모습이다. 나도 이 곡으로 누군가의 눈물을 끌어내는 연주를 할 수 있을까.

독주회를 한다면 마지막 앵콜곡은 이 곡이 될 것이다. 스물두 번째 마디를 연주하며 아직 만나지 않은 미래의 내 관객들을 상상했다. 음, 아니다. 이 정도로는 관객을 울릴 수 없다. 시간을 되돌렸다. 더 힘을 빼야 한다. 더 농밀한 뉘앙스를 담아야 한다. 준비된 음표의 아름다움을 내 영혼으로 감싸야 한다. 방금 괜찮았지만 한 번만 반복하면 더 잘할 수 있을 것 같다. 또 한 번 시간을 되돌렸다. 진정한 장인은 고객이 알아차리지 못하는 조그마한 흠집도 허락하지 못한다. 주저 없이 도자기를 던져야 한다. 연습 때에도 나오지 않았던 잠재력이 한 음 한 음에 실리고 있다.

심사위원의 존재는 이제 신경 쓰이지 않는다. 시간을 되돌렸다. 내면에서 울리는 음의 이데아에 실제 내 연주가 점점 다가가고 있다. 황홀하다. 0.1프로가 모자라지만 반복할수록 어떤 예술의 경지에 다가가고 있는 것만은 확실하다. 전에는 무대 공포 때문에 정신을 잃을 것 같았다면 지금은 너무 황홀해서 쓰러지는 게 걱정된다. 무대를 즐긴다는 기분이 정녕 이런 것일까. 시간을 되돌렸다. 힐끗 본 심사위원의 표정은 넋이 나가 있다. 어떤 뜻일까. 모르겠다. 어느새 겨드랑이가 땀에 가득 절어 있다. 이제 시간을 되돌려서 연주하고 있는지, 아니면 한 구간을 실시간으로 계속 반복 연주해서 심사위원으로부터 미친놈 취급을 당하고 있는지 구별이 안 가기 시작했다. 불안해졌다.

피아노 현 쪽에 뭔가가 보인다. 파리가 한 마리 돌아다닌다. 아, 하필 이럴 때! 시간을 되돌린다. 파리는 물러날 줄 모른다. 오히려 점점 몸집을 키웠다. 파리가 아니었다. 건반을 때리면 소리가 현을 통해 울려 퍼지지 못하고 그 검은 물체 속으로 빨려 들어갔다. 당황한 나는 페달을 연거푸 밟았고 검은 물체는 그럴수록 거대해졌다. 내게 닿거나 피아노에 물리적 타격을 주지는 않았다. 기체와 비슷하다. 연주에 몰입한 나머지 환각 증상이 시작된 것일까. 건반을 아무리 눌러도 소리가 나지 않는다. 연주를 멈췄다. 검은 물체가 순식간에 사라졌다. 다시 연주를 시작하려고 옆을 보는데 아무도 없다. 심사위원 좌석이 텅 비어 있다. 상황 파악을 하자마자 일어나서 불길한 마음으로 출구 쪽으로 뛰어갔다. 다행히 문은 잠기지 않았다. 그 문을 열자 엄청난 함성 소리에 몸이 휘청인다. 눈부신 조명에 눈을 적응하고 나니 앞이 보이기 시작했다.

거대한 콘서트홀이다. 피아노가 중앙에 놓여 있다. 박수 소리는 끊이지 않는다. 나는 무대로 입장한다. 천천히 걸어가 피아노 앞에 앉았다. 수백 명의 관객을 향해 얼굴을 돌렸다. 기대 가득한 눈빛으로 나를 쳐다보고 있는 관객들을 살폈다. 무대 위 나를 환대하고 사랑하는 사람들의 얼굴은 언제나 궁금하다. 어딘가 이상하다. 얼굴들 모두가 낯이 익다. 그들은 모두 내 얼굴을 하고 있다. 의자를 당겨 위치를 조절한다. 떨려야 할 손가락과 허벅지와 심장이 차분하기만 하다. 손을 들어 연주를 시작한다. 이제 파란 약은 필요하지 않다.

♫

누구나 자신의 삶을 재료 삼아 소설 한 편은 쓸 수 있다고 했던가. 이 소설이 내겐 그렇다. 소설 중간에 나오는 '실험적인 피아니스트' 공연 부분은 박창수 피아니스트의 실제 퍼포먼스를 참고하여 썼다.

epilogue

한 미술관의 기획으로 단체 전시에 참여하게 되어 사전 미팅에 참석했다. 전국에서 모인 20여 명의 미술 작가들은 원탁에 둘러앉아 각자를 소개했다. A 작가는 그림을 그린다고 했고, B 작가는 주로 사진 기반으로 이미지를 제작한다고 했다. C 작가는 건물 모형을 만들어 그 안에 움직이는 소형 카메라를 설치해서 영상으로 중계하는 미술을 한다고 했고, D 작가는 커다랗고 하얀 천을 설치해서 앞면에는 돌멩이를 쌓는 퍼포먼스를, 뒷면에는 그 모습의 그림자를 지켜보는 관객 참여형 미술을 한다고 했다.

이렇게 한 명씩 자신의 작업을 소개하는 말을 듣고 있는데 무협지가 생각났다. 각자의 숲에서 긴긴 시간 자신만의 무공을 연마해 온 무술가들이 공동 목표를 위해

원탁에 모여 있는 장면. 그러고 보면 미술가들은 신기한 종자들이다. 같은 직업으로 불리지만 이렇게 공통분모가 없을 수 있나. 세상의 모든 직업을 카테고리화한 다음에 도저히 묶이지 않는 직업들을 총칭해서 '미술가'라고 부르기로 약속한 것은 아닐까. 내 옆에 앉은 원로 작가가 자신을 소개했다. 길거리에 나뒹구는 먼지나 흙을 채집해서 물을 주는 미술을 한다고 했다. 꾸준히 물을 주면 그 흙먼지 안에 반드시 섞여 있는 씨앗이 발아해서 싹을 틔운다는 것이다. 신기해서 작은 소리로 여쭈었다. "길거리의 아무 흙이나요? 정말 식물이 자랍니까?" "그럼요." 내 차례가 왔다. 허겁지겁 "영상을 만들고 피아노 치는 미술을 합니다."라고 소개했다. 말하고 나서야 깨달았다. 내 피아노는 음악이 아니라 미술이었던 것이다. 한 줌 부담이 없어진다.

요즘에는 김동률의 노래 <잔향>을 피아노 솔로로 편곡한 버전의 악보를 보며 연습하고 있다. 한 시간 넘게 연습하면 겨우 두 마디 정도의 악보를 읽는다. 직업이 음악가라면 용납할 수 없는 답답한 속도다. 그러나 음악을 음악가의 속도로만 측정해서는 곤란하다. 나 같은 미술가가 음악을 대하는 시간은 다르게 흐른다. 흙먼지를 모아 물을 주고 기다리듯 그렇게 느리게 느리게. 조금 걱정이 되기는 하지만 초조하지만은 않다. 물을 주는 것이 너무 재미있고 언젠가는 싹이 튼다는 사실을 알기 때문에. 또한 거기에서 자란 식물은 우리가 알고 있던 식물과는 전혀 다른 감각으로 다가올 테니까.

이 글 역시 느리게 물을 주듯 천천히 1년 넘게 써 왔다. 출판의 약속도 없고 마감 기한도 없어서 작업은 매우 더뎠다. 쓰고 싶을 때만, 그러나 잊지 않고 꾸준히 썼다. 덕분에 인생 최초로 소설 쓰는 즐거움을 누려 보기도 했다. 본문에 "그러다 보면 꼭 누군가 손을 잡아 주더라"라는 문장을 썼는데 이 작업물도 그렇게 되었다. 모두가 외면해도 끝끝내 내 손 잡아 줄 한 명은 있었다. 소중한 기회를 얻어 이 책도 결국 싹을 틔우게 되었다. 한 사람의 사소한 역사를 어떻게들 읽으셨을지 벌써부터 궁금해 죽겠다. 마지막 말을 전하고 싶다. 자신만의 속도로 자라나는 세상 모두의 식물에게 응원과 지지를 보내며, 언젠가 꼭 피아노를 배워 보시라고.

피아노를 치며 생각한 것들

ⓒ 오재형 2021

2021년 6월 22일 초판 1쇄 발행

지은이 오재형
펴낸이 류지호 **· 상무이사** 양동민 **· 편집이사** 김선경
편집 이기선, 정회엽, 곽명진 **· 디자인** firstrow
제작 김명환 **· 마케팅** 김대현, 정승채, 이선호 **· 관리** 윤정안

펴낸곳 원더박스 (03150) 서울시 종로구 우정국로 45-13, 3층
대표전화 02) 420-3200 **· 편집부** 02) 420-3300 **· 팩시밀리** 02) 420-3400
출판등록 제300-2012-129호 (2012. 6. 27.)

ISBN 979-11-90136-47-1 (03810)

- 잘못된 책은 구입하신 서점에서 바꾸어 드립니다.
- 독자 여러분의 의견과 참여를 기다립니다.
  블로그 blog.naver.com/wonderbox13 · 이메일 wonderbox13@naver.com

＊ 이 제작물은 아모레퍼시픽의 아리따글꼴을 사용하여 디자인하였습니다.